もくじ

第2章　母のトラブル処理班になる

第3章 母は、どう生きたいのだろう

第4章 真っ当に生きることは、かくも難しい

第5章　そして母は逝った。

第1章

母が突然やってきた

母の上京

わたしは大阪に生まれ、6年ほど前から東京に住んでいる。

2年前のある日、もうしばらく東京を離れることはないと判断したわたしは、ひとりで大阪にいる母をこちらに呼ぶことにした。年のいった母にそのことを電話すると、「呼んでくれたことはとても嬉しい……でも長く住んだ大阪を離れるのは今すぐには考えられないわ」とのこと。そりゃそうだ。予想通りの返事を貰い、特に何とも思わず電話を切った。

それから数ヶ月後、母からの電話。

「リー！　わたし来月東京に引っ越すことにしたから！」

「?!!」

何があったのか訊ねても、とにかくわたしに東京へ呼ばれたことが嬉しかったから、とのこと。それならばまずはわたしの住む家に越してきて、そこからゆっくりアパートでも借りましょう、という話にまとまった。

「身軽で行くから」と早速段ボールが我が家に送られてきた。

もう、かなりの年月母と離れて暮らしていたわたしは、色々なことが抜け落ちていて、ただただ家族で暮らせることに有頂天になっていた。この時は。

ひと月後、本当に母は身一つで我が家へやってきた。一緒に暮らすパートナーに、母を紹介するのはこの日が初めて。

「初めまして」「よろしく」と挨拶し合うのをウキウキとした目で眺めながら、わたしは部屋へと入った。幼少期、母とテーブルを囲むのはレストランや居酒屋など外食時のみ。所謂《いわゆる》、家庭での団欒《だんらん》に異常なまでに憧れていたわたしは、母とパートナーという、心を許した人たちとの団欒がとにかく楽しみで仕方がなかった。

玄関にいる母をリビングへと呼び込む……が、母はなぜか来ない。

「何してるの？？」と問いかけても、長い時間何かモゴモゴと口籠《くちごも》るもんだから、玄関まで迎えに行くと母が何やら耳打ちしてくる。

「間に合わなかったの」

「？？」

「間に合わなかったの。いいから」

「？？？」

「間に合わなかったから、下着とズボンを貸してほしい」

「？！！！（なんで？？？あなたの立つすぐ隣はトイレだよ）」

わけがわからなかったものの、まだこの時はそんなに深く考えていなかったんだ。とりあえず着替えを渡し、皆で食事をいただいた。初めての一家団欒はとても心地良いと感じられる時間だった。

翌日パートナーが、黙って母の下着とズボンを洗濯してくれたんだ。

母の日常

母との3人暮らしが始まった翌日、東京は物凄い台風に見舞われた。外に出るなんてもっての外。川の近くにある2階建ての我が家のまわりにも避難勧告が出始めていた。

その日の夕食時。母はサラダに入れていたトマトの皮をお皿によけながら「こわいわね」と言い、ごはんにのせていた梅干しの種をまた皿に置き、「早くおさまらないかしら」と呟いた。そして最後のひとくちを口に運び、飲み込むと「ごちそうさま」と、リビングの隣に用意した母の部屋にそのまま入って行ってしまった。皮や種がそのままのお皿を片付けながら、何かしらのモヤモヤがわたしを包む。

結局避難勧告は出ず、窓をガタガタと揺らす雨風の音を聞きながら眠りについた。

翌日、わたしは長時間勤務を終え、自宅に戻った。

「ただいま」と言うと、「おかえり」と母。

いいなぁ、この感じは。と疲れた体を椅子に預けてくつろごうとすると、「今日のごはんはなぁに？　お腹空いたわ」。

また何か、モヤモヤとしたものが過《よぎ》る。でも、そりゃどこに何があるかわからない環境で仕方ないか……と思い、夜10時をまわっていたけれど、簡単な食事を出した。

「おいしいおいしい」とおかわりもして、キレイに平らげた彼女はまたしても種やら何やらそのままに、「ごちそうさま」と部屋へと消えて行った。

わたしは片付けながら、「先にお風呂に入ったら？」と部屋の方に声をかけると「今日は疲れたからやめておくわ」とのこと。そういえば昨日も入ってないけど……何に疲れたの？　慣れない環境に？　などと考えながら、わたしは風呂に入った。

母がうちに来て10日ほど経ったある日ようやく、「今日はお風呂に入るけど、ゆっくり入りたいから最後でいいわ」と言うのでわたしたちは先にお風呂を済ませた。

深夜1時半頃、階下から聞こえるシャワーの音は、2時になっても、3時になっても止まず、いよいよ眠くなり眠りについてしまった。

翌朝母に、「昨日何時に寝たの？」と訊ねると、「朝方になってしまったわ。疲れているからもう少し寝かせて」と、午後も遅くまで眠ってしまった。生活のパターンなんて人それぞれとは言え、少しだらしない。「いつまでもお客様気分ではなくて、食事の準備、片付け、掃除など一緒にしてもらえないか」とその日の夜持ち掛けてみた。「疲れているから、またね」と部屋に入ろうとする母の足元にある、5〜6個のビニール袋がわたしの目に飛び込んできた。ゴミならゴミ箱に捨ててほしい。「それはなに？」と聞くと、「これはいるものなの」と言う。瞬時に子供の頃暮らしていた部屋が脳裏を過り、わたしは部屋に駆け込みそのビニールの小袋を全て奪い取り、ゴミ箱に突っ込んだ。母は何やら怒ってはいたけれど、わたしはそのままゴミ箱の蓋を閉じた。

階下からシャワーの音が聞こえてきたのは、それから10日後のことだった。

ある日、母は気分が良かったのか珍しく「今日はわたしが洗い物をするわ」と言った。

お皿を3枚だけ残し、あとはわたしが洗って2階へ上がる。彼女は3枚のお皿を30分お水を出しっぱなしで洗ってくれた。

わたしは台風による避難勧告がうちに出なくて本当に良かったと思った。避難所であれだけのお水を使い込んだらもう、この街にいられなくなるじゃない。

翌月届いた公共料金の請求は、人がひとり増えただけなのに、きれいに普段の2倍の金額になっていた。

母の引っ越し

我が家の最寄り駅はそれなりに賑やかなところがあった。休みの日に色々と案内したことでこの街を気に入ったのだろう、母は毎日毎日駅のまわりに出かけて行った。

一緒に暮らし始めて、ひと月が経った。週の半分家で仕事をしていたパートナー曰く、母は午後2時頃起床、4時頃家を出て、9時頃に帰宅するという。規則正しい生活を重んじるパートナーは、血の繋がりのない老婆との生活に疲れを見せるようになっていた。

そんなある日、わたしは母の手料理をこれまで一度も食べたことがないことに気付き、精一杯甘えた声で「なにか作ってよ」と伝えた。

幼少期、仕事と子育て、資格の取得と趣味の絵画に奮闘していた母は、「本当は色々料理を作れるし、作りたいけど時間がないから」といつもわたしに言っていた。保育園や小学校から帰ると、決まって近所のお店で外食、小学校の中学年ぐらいからは鍵っ子たちが集まる近所の家や友達の家を毎日転々とし、そこで夕食を摂るようになった。遠足の時は、近所のお弁当屋さんに早朝に無理矢理予約を入れ、そこのお弁当をお弁当箱に移したものを持たされたものだ。スーパーやコンビニのお弁当や総菜を食べ、わたしは大人になった。

「わたしね、何も作れないわよ。作ったこともないし……じゃあ今度何か、焼きそばぐらいならできるかもしれないわ」。わたしは耳を疑った。

そう、彼女は忙しくて料理をしないのではなく、そもそもできなかったんだ。わたしには大きなショックだった。結局、その焼きそばからも母は逃げ続けた。

夕方からの街散策でどんどんレストランや居酒屋に詳しくなる母。部屋にはいよいよ、使用済みのティッシュのかたまりや、何が入っているのかわからないビニール袋が目立つようになった。相変わらず食べたら食べっぱなし、お風呂もたまにしか入らない生活に、わたしは早くも限界に達した。

「部屋を探そう」

そう言って、ある休みの日に不動産屋をまわった。年金暮らしの老人に貸してくれるアパートは多くはない。その中で一軒の不動産屋と出会う。内見に行くと、窓が沢山あって風の通りも良く、明るい雰囲気でとてもいいじゃない。「ここにしましょう」と、程なくして契約を済ませた。

「リーが保証人になってね」「もちろんだよ」。わたしはサインをした。


母と暮らして2ヶ月弱が経っていた。

自分たちで引っ越しをすることになり、新しい部屋に荷物を入れていく。少ない荷物を運ぶのにそんなに時間はかからず、あっさりと引っ越しを終え、わたしたちは帰ろうとした。すると母が、「今日はあなたたちの家に泊めて」「いいよ、最後の夜だしね。皆で話そう」と結局また3人で我が家に戻った。

しかしその翌日も、その翌日も、母はうちに帰ってきた。「せっかくの新しい家、住まないの?」と訊ねると、「お布団はあるけどベッドがないから、今日ベッドの予約を済ませてきたの。届くまでここにおいて」。なるほどね、それなら仕方ない。

その翌日、仕事の休憩中に母からメールが来た。「リー。びっくりしないでね。3万円貸してください」

そういえばいつだったかもこんなことがあったけど、わたしは嫌で貸さなかったことを思い出し、「ないから無理」とだけ返信した。昨日も今朝も家で顔を合わせたのに、なぜメールで言ってくるのだろう……と思っていると、また母からのメール。

「ないならキャッシングして貸してください」

無理だと返すと、「ではあなたのパートナーから借りて、貸してください。パートナーも手持ちがないなら、キャッシングしてもらって貸してください」。わたしの心の中に、生ぬるくて重たい風が吹いた。無理だと返すと、「困っているの。いいからお願いします」

一気に気力を失ったわたしは、仕事を終えるとパートナーに事情を話して駅まで来てもらった。

実の親にキャッシングを促されたこと、パートナーにもそれを頼んできたことに心を乱されたことを涙ながらに訴え、過去にもこのようなことがありとても嫌な気分になったことを打ち明けた。いつだったかは、「あなたの母親からお金を無心されたけどどうなっているんだ!」と知らない相手から突然電話で怒られたことも話した。

ひと通り話を聞いてもらい、少し落ち着いたので夜の遅い時間に家に帰った。

それでも、やはり引っ掛かっていたので母のいる部屋に行き、「あのメールは何？　3万円て何のお金？」と訊ねると、「もう寝ているからやめて、疲れているの」と言う。

この人は何を考えているのか。自分の子供に金を、それもキャッシングまでさせようとしたことをどう考えているのか。わたしが悲しさと混乱で涙ながらに訴えているのになぜ寝ているのか。すると2階からたまりかねたパートナーが下りてきて、寝たフリを決め込んでいた母を起こし、「起きろ！　キチンと話をしろ!!」と怒声を浴びせた。それでも母は、その大声に一切の動揺を見せることもなく「もうやめてください。疲れているのでわたしは寝ます」と本当に寝てしまった。やり場のない気持ちを全て抱え込み、わたしは無理矢理目をつむり、次の日を迎えざるを得なかった。

母と日常

母は結局その後も「今日だけ」「本当に今日だけ」を繰り返し、我が家に居座った。10日ほど過ぎたある日、いよいよシビレを切らしたパートナーに「もう出て行ってください」とハッキリ告げられ、半ば拗《す》ねるようにして「これまでお世話になりました」と吐き捨て、母はうちから出て行った。そして、やはりまだ諦めきれなかった3万円を本当に借りることができないのかと再びメールで確認してきたので、貸せないことを伝えると、「ではもう日時指定までして配達の予約をしていたベッド、キャンセルしますね」という、一見脅しのように見える不思議なメールを送り付けてきた。

それから数ヶ月の間、わたしたちは時々街のレストランや喫茶店で会った。他愛ない話を繰り返し、記憶の上塗りを重ねて何とかあの出来事を手の届かないところまで追いやったんだ。


しばらくパッタリと母からの連絡が途絶え、わたしは少し心配で部屋を訪ねた。しかし彼女は「今忙しいから」と出てこなかったり、また別の日は玄関の扉を15センチほど開けた隙間から会話をするに留まった。その数日後、母が久しぶりに我が家を訪ねてきた。「お腹が空いたから食事を摂らせてほしい」と。

わざわざ「お腹が空いた」と訪ねてくることに違和感を抱いたものの、簡単な食事を出すと、彼女はそれを瞬時に食べ切り、いつぞやと同じようにおかわりをした。食べ終えて少しすると母は、「しばらく食事を世話してもらえない？」と言うので、理由を聞くと「お金がないの」とだけ答えた。年金支給日の翌日なのに、どうしても必要なことにお金を全額使ってしまったらしい。「食事のお金を貸してもらえるならそれでもいいわ」とも言ってきたものの、金銭的援助は一切考えたくなかったため、現物支給をすることにした。

人間、生きていくために食事は必要だものね。

ある日のこと。いつものようにわたしがオフィスで働いていると、突然見覚えのある人が当然のような顔で入ってきた。そして真っ直ぐにわたしのところへ来て、「200円貸してくれない？」とだけ言った。母だった。２００円で何がしたいのかわからなかったけれど、断るとそのまま出て行った。そして数時間後、仕事を終えたわたしを母は待っていた。「２００円貸してくれない？」とまた声をかけられた。「嫌です」と早歩きでわたしが進み出すと、彼女は追いかけてきた。わたしは走った。彼女も走って、「お願いだから２００円貸してちょうだい！」と叫びながら追いかけてくる。わたしは逃げた。そして逃げ切った。走って逃げながら、明日母に届けてあげるお弁当は、少しおかずの種類を増やしてあげようか……などと考えるわたしは、まだまだ甘くて優しかった。

夜はなかなか冷え込み、冬がもうすぐそこまで来ていた日の出来事だった。

この頃から母は、背中が徐々に曲がり、歩行時に辛《つら》そうにするようになっていた。でもこんなことぐらい、後から起こることに比べると、かわいいものだったんだ。

突然の電話

冬がやってきた。

街行く人々が、寒さに抵抗するように身を縮めながら歩くその中に、ひと際薄手のジャケット一枚でお弁当を受け取りに来た母は、完全に背中が曲がってしまっていた。病院に行くように言っても、「大丈夫。すぐに治るから」。むしろ日毎ひどくなっている。傘を杖代わりにし、歩くのもやっとのようだった。ある日は雨でもないのにズボンの裾が濡れていた。「それ、なに?」と訊ねても「大丈夫だから」と言って、言葉少なにお弁当だけ受け取り、帰って行った。わたしも自分の生活があり、日々変わり果てていく母の姿に構いすぎることもなかった。

年末のある日、携帯電話に知らない番号から着信があった。母のきょうだいからだった。もう何年も会っていないのに突然何の用なのだろう、という不安をよそに他愛のない話が続いた。声色が変わり、本題に入る。

「ところでリー。あなたに話があるの。あなたのお母さん、わたしの息子の奥さんの実家に電話をかけて、3万円を借りようとしたの」

「……………(息子の奥さんの実家……ってどうやって連絡先を知り得たのだろう)」

「それで、その家族が貸せないことを伝えると、その日の内に今度は、わたしの娘の会社に電話をかけて、2万円借りられないか訊ねたらしいわ」

「……………………(1万円の減額は彼女なりの妥協なのかしら)」

「娘からその電話を受けて、とんでもないことだとわたしはあなたのお母さんを怒ってやったのだけど、多分リーはこのことを知らないだろうから、知らせておこうと思って」

母のきょうだいは憤った息遣いで話を続けた。

「それでね………実はわたしも、あなたのお母さんにかなりのお金を吸い取られているの。

毎回毎回、今回が最後と言って、何かと理由をつけてお金を無心してくるの。まだ一度たりとも返してもらったことがないのだけど。そうね、大雑把な金額として、1000万ほど」

「?!!いっ…………せんまん?!!」

「わたしがお金を貸すのを拒んだせいで、わたしの子供たちのところにいってしまったみたいで……彼らに悪いことをしたわ」

状況が呑み込めないまま、わたしは謝ることしか思い付かず、ひたすら謝った。謝った後、実はわたしも時々お金をたかられていること（金額の差がかなりあるけれど）、前回の年金を使い果たして食事をするお金もなく、12月の年金が支給される日まで毎日お弁当を届けていたことを伝えた。

するとと母のきょうだいは慌てふためき、「あなたにもそうだったの?!　これはもう病気だわ。あなた、近くに住んでいるのだから行政か何かにSOSを出して、ヒントを貰うべきよ。そうね、例えばここに電話してみるといいわ」と、精神的な悩みを持つ人が利用するような施設の電話番号をおしえてくれた。

もう年末。行政は休暇に入っていたため、わたしは年が明けてから電話をかけてみることにしたんだ。

社会福祉士のユーさん

お正月が終わり、世の中が通常運転になってきたある日、わたしはとある行政絡みと思しきところに電話を入れてみた。

母が借金まみれで、返すこともせずに更にお金を借りようとする問題と、部屋をゴミ屋敷にしてしまう片付けられない問題とを簡潔に伝えた。すると「うちで取り扱っている案件ではないのでここに電話してみてください」と別の電話番号を告げられた。言われた番号にかけ直すと「うちでは取り扱ってないのでここに電話してください」とまた別の番号を告げられ、幾度かのたらい回しの末〈地域包括支援センター〉に辿り着いた。

電話口の人は、慣れた口調で「ではお母さまに直接お会いしてお話ししたいと思います」と言う。事前にわたしが話をしておきたかったので、電話を切ると現地に出向いた。

そこはプレハブを頑丈にしたような建物で、職員の方が笑顔で迎え入れてくれた。

「お母さまが以前うちに相談に来られていないか、調べますね」とその方は、母の名前などを訊ねてきた。未だ何をする場所かもわからないそのセンターの椅子に腰掛けて待っていると、程なくして「ご利用履歴ありました。こちらに引っ越されてすぐに来られていますね」と言った。

「母は何をしに来たのでしょうか?・」。頭の中を「?・」でいっぱいにしながら聞くと、

「はじめはこの辺りのことがよくわからないのでおしえてほしいとのことでしたが、途中からここでお金が借りられないのかという相談になっています。もちろんお貸しできないので、社会福祉協議会をご紹介しまして、そちらでいくらかお金を借りられていますね」と言う。

初めて聞く名称にうろたえながらも、その両方が本来お金を借りる場所でないことだけは理解していた。包括支援センターは、地域ごとに存在しているらしく、母は隣駅のセンターに散々通い詰め、おおよそそこでは専門外の「相談事」を持ちかけては職員の方を困らせていたらしい。

その時相手をしてくれた方が、わたしと話がしたいと言う。どんな顔をして会えばいいのかわからないまま、到着を待った。

その方は、程なくして自転車でやってきた。社会福祉士のユーさんと言った。初めましての挨拶もそこそこに、母のことを話すと「ご本人に聞いていたことと随分話が違うわ！」と驚きながら笑った。母は日頃、自分に不利益なことは伏せきって会話をし、発言には金銭的余裕すら匂わせていたらしい。サバサバ、ハキハキと対応しながらも、とても優しい目をした方で、わたしはすぐに安心してしまった。

そしてこの日から、ユーさんにえらくお世話になることとなる。

ある日ユーさんに、母の足が物凄く腫れていて、液体が噴き出していることを相談すると、翌日早速センターに常駐している看護師さんと共に、母のアパートを訪ねてくれた。しかしわざわざ訪ねてくださったのに、母はふたりを中に入れなかったそうだ。めげずに何度か訪ねてくれたある日、あまりに足の状態が悪かったらしく、いよいよ観念した母はふたりを部屋にあげた。

部屋の中は見渡す限りのゴミ！ゴミ！ゴミ！！　そしてその大量のゴミの中にひとつ、30センチ四方の小さな段ボール箱があったそうな。母はそこに腰掛けて睡眠をとり、腰を悪くし、体を浮腫《むく》ませ、更に足元には大量のゴミがあるせいで浮腫んだ足に傷ができ、そこからバイ菌が入ったことによる「蜂窩織炎《ほうかしきえん》」という病気にかかってしまったらしい。浮腫《むくみ》を治し、患部を清潔にすればすぐにも治るそうだが、なにせ彼女は風呂に入らない。治るものも治らないのだ。

わたしはすぐさま自宅で余っていたマットレスを抱えて母のアパートへ行き、無理矢理部屋に入り、足元のゴミを全力で蹴散らして、その下から何とか顔を出した床の上にマットレスを敷いた。その後病院に連れて行き、薬をもらったものの、通常2〜3週間で完治すると言われたそれは、母のズボラな性格故になかなか完治に至らず、通常の歩行ができるようになるまで半年以上の時間を要した。

この頃のわたしは、「あの時わたしがベッドのお金を渡さなかったせいでこうなったのではないか」と自分を責めることがあった。普通の頭で考えると、あの部屋にベッドを迎えていたとして、結局ゴミに埋もれるのも時間の問題なのだけれども。

そんなある日、また知らない電話番号がわたしの携帯電話を呼び出したんだ。

電話の相手

その日、仕事で故郷に戻っていたわたしは、夕方大勢でテーブルを囲んでいた。知らない番号が何度も何度も呼び出すので、仕方なく席を外し、携帯電話を耳にあてる。相手は母のアパートの管理会社の人だった。相手はどうも怒っている。

「先程までお母さまが、大家さんに用があるから電話を貸してくれ、話せるまでここから動かないと言って1時間以上居座っていたんです。迷惑ですし、こわかったので、最終的に警察を呼びますよと言うと、ようやく帰ったんですけど」

何をやっているんだ……どのような言葉を返せばいいのか正解が全くわからない。相手は続けて言う。

「以前大家さんにお金を借りたことがあったみたいで、今回も借りたかったみたいですよ」。

……大家から部屋だけでなくお金も借りる？？　聞いたことないぞ。

どれだけ色んな人と、誤った関わりかたをしているのだろうと心臓の奥が苦しくなった。相手は更に続けて言う。

「あと、アパート中を訪ねてお金を貸してくれと言いまわっているようでしてね。インターホンを鳴らして、出てくるまで動かないと言って部屋の前に居座ることもあるそうで、こわがって引っ越しを考えている世帯もたくさんあります。中には恐怖心からお金を渡した人もいます。本当に迷惑なので、引っ越してもらえませんか？」

言葉を失うとはこれか……というぐらい、わたしは言葉を失った。失った言葉の破片を何とかかき集めたわたしは、消え入る声でどうにか謝った。

「本当に引っ越しをお考えください」と乾いた声で念を押され、電話は終わった。声が消えた携帯電話を手に、わたしは宴のテーブルに戻った。

数日後、出張から戻ったわたしは駅前で洋菓子の詰め合わせを買い、その足で管理会社に出向いた。平謝りのモデルになれそうなぐらい平謝りを繰り返した。相手もそんなわたしを不憫《ふびん》に思ってか、「二度とないようにしてください」と許してくださり、どうにか母の住居は確保できた。そのまま母のアパートを訪ねた。玄関の前に割り箸とビニール袋が転がっている。インターホンを鳴らすと、涼しい顔をした母が扉を少しだけ開けた。一連の話を伝え、管理会社がぶつけてきた声から吸収した怒りを母にそのままぶつける。

「ここを追い出されたらどうするの？　住むところなんてないじゃない！」

母はしらばっくれていた。

「追い出されたら困るねぇ～」

話にならない。母の足元には、ビニール袋やらティッシュやら何やらでいっぱいで、彼女の目線は普段より高いところにあった。二度と他人に迷惑をかけないよう、口をすっぱくして伝え、玄関からはみ出たゴミを室内に押し込んでわたしは家に帰った。

嫌なことはひとつあると重なるものだ。この翌日、また知らない番号がわたしの携帯電話を呼び出したんだ。

社会福祉協議会へ

その日、わたしは社会福祉協議会に出向いていた。何やらそこでは生活に困っている人向けのフードバンクや、金銭の貸し出しもしてくれるという。母がそこへ行くという情報を予《あらかじ》めユーさんから聞き、母には内緒でそこに突撃することにしたんだ。

とは言え母に逃げられてはいけないので、しらじらしく直前に用があると告げ、最寄り駅の前で待ち合わせをした。勘の鋭い母だから、何か気付くのではと思ったけれど、何も疑うことなく駅前で雑談をし、近くに用がある設定で一緒に電車に乗り込んだ。

建物の前で「わたしはちょっとここに用事があるから」と言う母に、実は事前にわたしが同席することを先方に話してあると告げた。母は露骨に嫌そうな顔をし、あれやこれやと御託《ごたく》を並べてどうにかわたしを帰そうとした。

「もう約束の時間だから。とりあえず行こう」と促すと、恐らく何とかお金を借りたい母は諦めた顔をして建物に入った。ユーさんも遅れて到着した。

職員さんを前に、まず母が口を開く。「お風呂に入りたいのでお金を貸してください」「お風呂はご自宅にあるでしょう?」「家のお風呂は狭くて寒くて無理です。もし突然フゥッとなって倒れたら……と考えたらとてもじゃないけどこわくて」。わかるようなわからないようなことを言い訳に、母は頑に意見を譲らない。

「それで、いくらお借りできるのですか?」。なかなか率直なことを少し大きめな態度で訊ねる。「5000円です」と職員の方が言う。すると母は間髪を容れずに「たったそれだけ!」と言った。わたしの血管がねじれ、何かが弾ける。

「借りるということは返さなくてはならないのだよ? たったそれだけって、たったそれだけでも返せる見込みはあるの?」。母は黙った。

実はこのお金をお借りするにあたり、わたしは予め職員さん達と連絡を取り合っていた。母の年金が入る口座のキャッシュカードと通帳がないとお金を貸せないと口裏を合わせてもらい、それを彼女が出したところでわたしが取り上げ、以後わたしが金銭の管理をするという作戦を立てていた。

「通帳は失くしてしまったからないの」と特に疑うこともなくキャッシュカードを職員さんに渡す母。わたしはすかさず職員さんの手からカードを奪い、母に言った。

「今後このカードは自由には使えません。あなたには月々年金の範囲内で生活してもらいます」。突然のことに母はわめいたけれど、「たったそれだけ」と罵った5000円がある安心感からか、しばらくして落ち着いた。

次に1階でフードバンクを見せてもらう。母はかなりの選《え》り好みをし、開けてすぐ食べられる缶詰の類《たぐい》、常温保存できる牛乳などをいただいた。

挨拶をして建物を出ると、母が「何だか疲れたわ。喫茶店でも行かない？」と言う。お金を持つとすぐこうだ。呆れ果てて睨《にら》みつけるわたしに、バツが悪そうに母は近くのベンチに腰掛け、先程いただいた牛乳にストローをさした。お互いにキャッシュカードの話はしない。「携帯電話を売ろうかしら。そうしたら少しお金になるわよね。リー、携帯ショップに行くの付き合ってくれない？」。母は言った。

あるものの中で生活をしてほしいと思っていたわたしは、母からの思わぬひとことに少し安堵し、「もちろん行くよ」と言って、母が牛乳を飲み終えるのを待った。

他人のものを壊すという行為について

母とわたしは駅前の携帯ショップに入り、店員に目的を伝えると、わたしは椅子に腰掛けて待つことにした。何分ぐらい経っただろう。手元の携帯電話が震え、液晶に知らない番号が表示されている。ここ最近の知らない番号からの呼び出しに少し慣れてしまっていたわたしは、相手が誰とも考えずに出た。

「もしもし？　わたし、リーさんのお母さまが以前お住まいだった家の大家です」「はい……（そんな人がわたしに何の御用？？）」。そこから目の回るような話が始まった。

「お母さまは今、あなたの近くにお住まいのようですね、どうしておられるのかしら。いえ、わたしがあなたにお電話をしたのは、お母さまがこちらを出る時に大変なことをしてくれましてね」。今度はなんなんだ……と背筋がピリピリとした。

「あなたにはどう言ってお母さまはそちらに住まわれることになったのかしら？」と聞くので、「わたしが近くに住もうと呼びかけたことが嬉しかったからこちらに来たようです」と正直に答えた。すると、少し乾いた笑いを立てながら相手はこう言う。

「お母さまのお部屋は近所の方から何か臭うとよくクレームがありましてね。わたしはその都度部屋を訪ねて中に入れてくれるよう言ったのだけれども、全然取り合ってもらえなかったの」

相手は続けてこう言った。

「もう長いこと中は大変なゴミ屋敷になっていたようでね。ある日ゴミが玄関から外に溢れて扉が閉まらなくなったのよ。そしたらお母さま、日頃こちらが何を言っても応じなかったのにいよいよ困ったのでしょうね、わたしのところに連絡が来たの。扉が閉まらないから助けてくれって」

なんちゅう話なんだ……わたしは言葉少なに相槌を打つ。「それで慌てて駆けつけて、もういいから中の様子を見せなさい！と強引に中に入って、卒倒しそうになったのよ……」

相手は興奮気味だが、語尾が少し悲しそうにも聞こえた。

「もう部屋中が天井に付きそうな高さのゴミで溢れて、お風呂もトイレも……それでね……」

相手の声から勢いが失せていく。

「それで……きっとここで睡眠をとっておられるのだろうという布団のようなものの横に、ビニール袋に入った糞尿が積み上げられていて、下の方のビニールが重さで破れて中身が床に染み付き、そこにカビが生え、床が腐って、虫が湧いて……」

絶句する以外の方法があればおしえてもらいたい。

「もうこんなことをする人に大事な部屋は貸せませんので出て行ってくださいと言って、それであなたのところへ行ったのよ」

わたしは母を侮っていた。子供のそばで暮らしたいという気持ちで越してきたとばかり思っていたのに、まさかこのような形で真実を知ることになるなんて。

情けなさで呆然とするわたしに、相手は更にこう言った。

「あの部屋はもうどうしようもないことになってしまって、わたしは600万円かけてフルリフォームしたの。でもそれを全てお支払いくださいなんて、年金暮らしのお母さまに言うのも酷だから、せめて誠意で100万円お支払いくださいと言って承諾してもらったのだけれども、最初の2ヶ月で合計3万円だけ振り込まれた以降お支払いがなくてね。もう最後の振り込みから1年以上経っているの」

もはや何の話かわからなくなってきた。

「それで、ご本人に電話をしたら繋がらないから逃げられた！と思って保証人のあなたに電話をしたの。お母さま、子供には関係のないことだから言わないで！とずっと仰っていたのでわたしも子を持つ身、あなたが気の毒でこれまで黙っていましたが、逃げられてしまっては困るので、いよいよこうしてあなたにお電話しました。振込先をメールで送るので、まとめて支払いが難しかったら分割でも構わないから支払ってくださいね」。少しの同情の言葉を置いて、電話は切れた。うなだれた頭を上げるとちょうど携帯ショップの店員と話を終えた母がこちらにやってきてわたしに言った。

「今わたし、携帯電話の料金を滞納しているから、まずそれを支払わないと携帯電話を売ることはできないみたいだわ。そういえば携帯電話、止まっているのよね」……なるほど。それでわたしにこの電話が来たのか……。情けない気持ちはやがて嫌悪感に変わった。遠くで耳鳴りがした気がしたけれど、それすらもうよく聞こえなかった。

続・他人のものを壊すという行為について

ポケットに手を入れたわたしは、何やら手に触れた紙に気が付いた。取り出すと、それは今朝うちに届いていた母宛の郵便物で、件《くだん》の追い出された部屋のある、以前住んでいた町の役所からのハガキだった。見ると、「本年度支払われた健康保険料」と書き、支払ったであろう数千円の金額の記載がある。母は以前住んでいた町が好きだった。わたしが10代の頃、育った家を出て別の町に暮らしても「住民票はここに置いておくのよ。この町は何かと印象が良いから」などと当時のわたしには理解し難いことを言っていた。

その町を追い出されてなお健康保険料を支払っていることを不思議に思い訊ねると、「ここに電話をするから携帯電話を貸して」と言う。

途中から母が相手と口論し始めたため、わたしは電話を奪った。ひと通り相手に事情を聞いたところ、健康保険料を滞納していて、その額はおよそ30万円だった。わたしは現状を話し、「わたしが彼女の年金を管理できたら、その中から月々少しずつですがお支払いします」と言うと、呆れた声の相手はため息混じりに渋々了承してくれた。電話を切って、わたしは母に目をやった。いつも通りケロッとしている。わたしは落ち着いて、このひとつ前の電話の話をした。「全て聞いたよ」と言うと、母は少し鼻で笑ってこう言った。

「糞尿って……あの人そんなこと言っていたの？……尿だけよ」。どちらでもよい。

前大家さんのお話によると、片付けるために行政に連絡を取り、4トントラックにゴミを山盛り10往復、行政の方が20名ほど来られて片付けてくれたらしい。ゴミの処理費用も立て替えてくれたそう。「どうするつもりなの？」と母に訊いた。母は黙っている。「もう後はないよ。

次の年金からわたしが支払うべきものは支払って、あなたには必要な生活費だけ渡すことにするから。大家さんにお支払いしないといけないのもあるし、健康保険料も払わないといけないし……キャッシュカードの暗証番号をおしえてね」

母はまだ黙っていた。その時、携帯電話が新しいメールの受信を通知した。先程の大家さんからのメールだった。開くと、沢山の写真が添付してあった。そしてひとこと、「これがお母さまの住まわれていた部屋の写真です。お支払いお願い致します」。10枚ほどあった写真はどれも、汚れやカビやシミ、ゴミが画像いっぱいに広がり、平たい画面からはもはや臭気さえ溢れていた。

そしてふと、わたしは気が付いたんだ。今彼女が借りている部屋も、わたしが保証人になっていることに。

Column 1

あくまでわたし個人が受け取った福祉について

母の困った癖をひとりで処理できなかったわたしは、当初電話をかけた地域包括支援センターをはじめとする福祉機関にお世話になった。一体どれだけの利用者がいるのか皆目見当もつかないところを限られた人数でまわしているこのシステム、そこには三者三様の対応や、問題解決に向けた取り組みを見た。

物事は多種多様で、それこそ型にはまらないそれぞれの状態を、福祉に携わる人たちはこなしていかなければならない。

ゴールがどこかなんて誰にもわからない状況で、お世話になりながらふと、「この人は今、何のためにわたしとこうして話しているのだろう」と疑問に感じるひとコマもあった。その人は、データをとったり、お話をすることだけを目的としていて、会話からその先が見えないのだ。

こうした「仕事」をこなしている人ほど要領も良く、もしかすると役職も与えられるのかもしれない。ただ、わたしとは母の最善へ向けての取り組みかたが噛み合わないだけなのだ。

例えば母がトイレに行くことすら面倒と思っているところにオムツを渡してしまうことが解決策だと家族のわたしは思わない。トイレに行けるよう促すべきだと思うから。

人と人は、様々な形で出会い、別れ、また出会う。

これがたまたま家族という形であったり、友人という形であったり、職員と利用者という形であるだけの話だ。どんな形であれせっかく出会ったからには、別れが来るまではその互いの関係を全うしたいとわたしは思う。

そういえばわたしがこれまで出会った福祉の職員の皆さんには、ただひとつ共通点があった。

それは、「リーさん、もうあなたがお母さんと一緒に暮らせばいいじゃない」と言わなかったことだ。まるで皆が皆、示し合わせたかのように言わなかった。

そしてわたしは、本当にこれに救われた。「わたしたちが提案することではない」という何かがあったのかはわからないが、このことを誰かから提案されていたとすれば、わたしと母の関係はもう少しこじれ、状況は大きく変わっていたように思う。

だから、ありがとう。

わたしのこの、人生の中のひとつの出来事に過ぎない母との日々。あの短くも長い時間を疾走していたことを回想し、ランナーのわたしにとっての福祉は、給水所だったことを知った。

水分を得たらあとは走り切るのみなんだ。

ゴールに辿り着けるかどうかは、自分次第だと思うから。

第2章

母のトラブル処理班になる

恐怖心

わたしの頭の中は、母の今のアパートのことでいっぱいになっていた。そして芽生えた恐怖心を引き連れて、今一度あの部屋へと足を運んだ。

この部屋はいつも何だか独特の匂いがするんだ。何かが発酵したような、何とも言えない匂いが。意を決して靴のまま中へと入った。見渡す限りのティッシュとビニール袋。この下に何が隠れているのかを想像すると、恐怖心が急成長を遂げた。また修繕費だなんだって金銭を請求されてはたまったものではない。そもそも前の部屋だって、わたしは1円たりとも支払いを肩代わりしたくないのだから。そんなことを考えながら、無理矢理にでも片付けないと仕方がないなとわたしは腹を括った。そして何かに取り憑かれたかのようにユーさんに電話をかけ、ひと通り説明した後、一緒に片付けてもらえないかとお願いした。

ユーさんはふたつ返事で快諾してくれた。ありがたい救いの手を目の前に差し出され、わたしは迷うことなくすぐにその手を掴んだ。そして次に、母のきょうだいにも電話をかけた。母のきょうだいからも快諾を得ると、3人の予定を合わせた。母にはきょうだいが来ることは告げず、ユーさんとわたしで部屋の片付けに行くことだけ伝えた。

「いらないわよ」だの「余計なことしないで」だの色々と抵抗をしていたが、あなたの健康状態のためと、人様から借りているものを大切にしなくてはならないということを繰り返し告げると、遂に母は抵抗をやめた。

ゴミ屋敷の住人は、一概には言えないが、大半はその環境を崩されることで精神のどこかに差し障りが出るのではないかと思う。しかしこの部屋も他人の持ち物。そして何よりわたしはここの保証人なのだ。

この時わたしは自分のことを中心に考えていたのかもしれない。それでも他人にこれ以上迷惑をかけないでいてもらうことに一番の比重を置いていた。

そして迎えた屋敷の清掃当日。最寄りの駅で、わたしは母のきょうだいと待ち合わせをした。何年振りだろう。どうにも複雑な思いでわたしたちは再会した。

部屋から出てきたたくさんのあるもの

わたしと母のきょうだいは、駅から母の部屋までの道すがら色々な話をした。というより、わたしは母のきょうだいの話を聞いていた。これまでどれだけのお金をいつ貸したか、その返済を促した時の母の逃げかたなど、お金にまつわる話をたくさんした。わたしはそれを黙って聞くしかなかった。何度となく「なぜそんなに何度も何度もお金を貸したの?」という疑問が口をついて出かけたけれど、その都度全力で呑み込んだ。

社会福祉士のユーさんも時間通りに来てくださり、3人が揃う。皆、用意してきたゴム手袋や、靴のカバーなどを思い思いに装着した。

インターホンを押すと、中から「はい」という声と、たくさんのビニール袋（を踏んで母が玄関まで来ている）の音が聞こえた。何とか扉を開けた母は、定位置なのだろう、こちらに背中を向けてマットレスに座り込んだ。

「実は今日はもうひとり連れてきたんだ」「だぁれ？　そんなにたくさんの人は入れないわよ……」。そこで顔を上げ、視界に自分のきょうだいを確認した母は、さながらメロドラマのワンシーンのように言葉を詰まらせたあと、絞り出した声で母のきょうだいの名前をつぶやいた。

母のきょうだいは冷静に、「今日はあなたにお話があるのと、リーに頼まれてここを片付けにきました」とだけ言った。母はしばらく黙っていた。

冬の午後の冷たい風が母の部屋に入り込む。バツの悪そうな母は手元にあったものを無意味に触り始めた。ダラダラしている暇はない。早速分担して大掛かりな掃除を始めた。すると母が、「大切なものもたくさんあるのだから、きちんと見てから捨てるように」「見てほしくないものもあるから、それは見ないように」「あなた達が探しているようなものは何も見つかりませんよ」と言う。

果たしてわたしたちは、ここに何か探すものがあるのだろうか。

圧縮された大量のティッシュやビニールの層を黙々とほどき、ゴミ山を崩しながらゴミ袋へと移動させる。途中ビニールに入った嘔吐物を見つけたわたしは、体中の毛穴が逆立つのを感じながら、それをゴミ袋に入れた。ユーさんと、母のきょうだいも黙々とゴミをゴミ袋に移動させていた。ふいに封筒やメモ書きが出てくる。母に気付かれぬようひとつにまとめ、ある程度溜まるとそっと玄関の外へ行き、封筒の中身を確認した。

「○月○日ヤン様　金100万円お借りいたしました」

どうやら借用書らしい。ヤンさんという人が誰なのか、わたしには皆目見当もつかなかった。また別の紙には、同じように知らぬ人の名前と金額、母の口座番号などの走り書きがあった。恐らく電話でもしてこの金額を借りようと企んでいた台本なのだろう。

母は本当に、挨拶ぐらい簡単に「お金を貸して」と言う人なのだ。次の封筒からは、誰でも一度は聞いたことのある有名なホテルの領収書の束が出てきた。見ると、一泊2万円はくだらないそこに1週間ほど泊まっているではないか。日付を確認すると、つい最近のことだった。毎日のようにオフィスに訪ねてきては「お腹が空いたから500円貸してくれない?」としつこくしてきていたあたりのことだ。母のきょうだいが突然50万円を振り込んでほしいと言われ、振り込んだ頃の領収書もあった。領収書や手書きの借用書、いつ誰にいくら借りるかの計画書のようなものが次々と出てくる。役所からの各種払込書、公共料金、携帯電話の料金の払込書は何《ど》れも未開封だった。以前の住所宛のものから、今のアパート宛のものまで揃っていた。全部開け終わる頃には翌日のお昼になっているだろう。今の住所宛の公共料金の封筒を開けてみた。半年以上前の電気料金の案内だった。

いつから支払っていないのか聞くと、「わからない」と言う。しかし電気が止まっていないことを不思議に思い、払込書にあった番号に電話をしようとした。すると母が「料金の滞納はそこじゃなくてここに電話するのよ」と慣れた雰囲気で別の電話番号をおしえてきた。わたしはそこに電話をし、いつから支払いが滞っているのか訊ねると、8ヶ月間支払っていないとのことだった。巷《ちまた》で疫病が流行していたため、支払いの猶予がかなり延ばされているという。年金には、特に疫病による打撃はないはずなのだけれど。

外も暗くなり、一旦今日はここで終わりにしようということになる。奥の方で黙々と片付けをしてくれていたユーさんは、「あとは家族で」と言って、先に帰って行った。

あなたの入るお墓はない

わたし達は3人になった。1Kのアパートのキッチン部分に、今日出たゴミが大きな山をつくっていた。わたしは先程見つけたホテルの領収書を母のきょうだいに見せた。

「さっき言っていたお金、これに消えているんじゃない？」

母のきょうだいの顔色が変わった。「あなたはわたしのお金を何に使っているの？　正直に言ってみなさい」と母に言った。母はしょぼくれた顔をして、少しの間黙った。

そして、消え入るような声で「わからない……」と言った。

「ではこの領収書はなに？」と母のきょうだいが訊ねる。

「泊まりに……行きました」。そりゃそうだろう。

「なぜこんなところに行く必要があるの？」と母のきょうだいは問い詰めた。

「お風呂に、入りたかったの……」

お風呂に入りたいけれど、住んでいるアパートのお風呂は狭くて寒く、入りたくない。アパートに越してからも、うちの風呂を使わせてほしいと申し出てきたこともあった。

未知の疫病は当時、健康な成人に比べ老人や子供、基礎疾患を持つ人は重症化する可能性が高いとされていた。母がわたしの家に度々食事をしに来た時、まず手を洗うように言うと、「アカギレが痛いから嫌だ」と言う。アカギレが擦れるのを防ぐために常にしていたビニール手袋のまま、うちにあがり食事を摂った。その様子を見ていた基礎疾患持ちのパートナーは、「申し訳ないけれど、もう家にあげないでほしい」と心苦しそうな表情でわたしに言った。衛生的な観念は人それぞれとは言え、パートナーがそんな風に思っている上、わたしも引っかかっていたのでまさかお風呂は貸せない。だから、というわけではないが、母はホテルへ行った。一流のホテルだからきっとサービスも良い。母は昔から、サービスを非常に好んだ。いつだったか、行きつけのレストランに連れて行ってもらった時のこと。席に着くと驚くほどの数の従業員がわざわざ母の元へ入れ替わり立ち替わり、挨拶をしに来るのだ。どれだけ通えばこんなことになるのだろう。その時のわたしは、そこまで深く考えなかったんだ。

母のきょうだいはもう呆れるのを通り越した顔で母に言った。

「わたしは今回、これを伝えるためにここに来たの。あなたはこれまで、わたしや他のきょうだい、様々な親族にとにかく迷惑をかけてきたでしょう。親族の中にはあなたが原因で鬱病になった者もいる。そんなあなたを、将来うちの家系のお墓に入れるわけにはいかないから。もう、親族で話し合ったことだから。これだけは伝えておくよ」。そして、話はまた領収書の件に戻り、母は説教をくらっていた。

すると話をさえぎって突然母がわたしに、「リー。話があるの」と言う。母は基本的に人の話を聞かない。

「わたしが死んだら……わたしが死んだらね、犯罪にならない程度に埋葬して、お墓とかはいらないし、本当に犯罪にならない程度にしてくれれば、それでいいから……」

母はいつもこうだ。何か都合の悪い話になると悲劇のヒロイン逃げをする。犯罪にならない程度の埋葬とはどういった埋葬なのだろう。わたしも呆れてしまい、もう何も言わなかった。どれだけ説教をしても何も届いていないことを改めて感じた母のきょうだいが、「明日もまたここを片付けないといけないし、今日はもう帰りましょう」と言うので、わたしたちは母のアパートを後にした。

入るお墓がないとはどういうことなのか、この時のわたしはまだよくわかっていなかったんだ。大量のゴミを片付けてくたびれたこの日は、家に帰るとすぐに眠ってしまった。

そしてわたしたちは2日で片付けた

屋敷のゴミ掃除、2日目。今日は、中がドブ色になった冷蔵庫を片付けるという最難関に加え、何ものかがこびりつき変色した便器の掃除という大仕事もある。

昨日あれだけゴミ袋に移動させたのに、ティッシュやビニール袋がまだまだ床を占領している。わたしたちが無言で片付けていると母が鼻をかみだした。横目でそれを見ていると、母はかみ終えたティッシュをその辺にポイッと捨てた。「せっかく掃除をしているのに何をしているんだ!」とわたしは怒ってゴミ袋を差し出す。母は「うふふ、そうなのね」と笑いながらティッシュをゴミ袋に入れた。笑いごとではない。

また、人の名前と金額の書かれた紙が出てきた。

「マンさん　30万円」。今度は誰だ。「この、マンさんはどなた?」。もう、後に回さずそのまま母に訊ねた。すると母のきょうだいが血相を変え、「あなた、マンさんにまでお金を借りているの?!」

母は無言で頷《うなず》いた。

聞けばマンさんは、恐らく一生会う機会もなさそうな遠すぎる親戚。いつかの誰かのお葬式で会い、そこから度々当たり障りのない連絡を取り合ったのち、マンさんの家族が亡くなった時に忙しいマンさんに代わり母がお墓の準備の相談や、実際現地まで出向き色々とお話をしたり、その後もまめにお墓参りをしたり、法事にもさかんに参加したりしていたそうな。こうして数年かけ絶対的な信頼関係を築き上げ、はじめは10万円から、そしてどんどんお金を無心するようになったというわけだ。

30万円と書かれたメモには最近の日付が入っていた。それはどうしても返さなくてはいけないお金だったらしく、ある月の年金が入ったその日に全額返済したため手持ちのお金がゼロになり、わたしのところへ食事を食べに来たり、わたしが毎日お弁当を持って行くはめになったということらしい。

「マンさんには一体いくら借りているの?」

母のきょうだいが訊ねると、母はしばらく黙って目線を上にしながら両手の指を折り出した。そして数分後。

「400万ぐらいかな……」

わたしの視界が大きく揺れる。

母のきょうだいが声を荒らげて問い詰め始めた。わたしはもう、この件は母のきょうだいに任せて、ひとまず今は片付けに専念しよう……と、止まっていた手を動かし始めた。するともういいのにまた、紙が出てきた。「コーさん　100万円」。怒りの声が少しおさまった時を見計らい、わたしは母に、「コーさんは……どなた？」と聞いた。

母のきょうだいもコーさんは知らないらしく、「コーさんは誰なの？」と訊ねると母は、「コーさんは、家の近所のほら、あそこのお店よ」と言う。わたしも幼い頃行ったことがある商店だった。「コーさんとはどういう関係なの？」と訊くと、「どうって、あのお店にはよく買い物に行って、それで……よ」。それで……何だと言うのだ。お店に買い物をしに行くことはあっても、そのついでに店員からお金を借りたことがないため、わたしは地面につきそうなぐらいに首を傾げた。

要するに、相手が誰でもそうなのだ。親しみを持った優しい顔で近付き、相手が心を開いたところでお金を借りる。

まるで詐欺師じゃないか。

母のきょうだいが、「もうこの際だから全部おしえて。あとは誰にいくら借りているの？」と母に訊ねた。もうどうでも良くなったのか、母は順番に聞いたことのない人の名前と数十万円単位の金額をどんどん挙げていった。母のきょうだいがその都度「それは誰？」と聞いていく。「趣味を通じて知り合った人」「その人の息子」「小学生の時の親友」と、母はどんどん白状する。知り合いの息子からお金を借りていることにも言葉を失うが、小学生の時の親友なんかは手口が最悪で、ふと思い出した親友の名前をタウンページで探し出し、実家へ電話をかけ、晴れてご本人とお話ができ、懐かしい思い出話に花を咲かせたそのまま、2万円を要求したらしい。

相手は「この2万円は差し上げますので、どうか今後一切の連絡をお断りします」と言って、2万円を振り込んでくれたという。悲しさと虚しさしか残らない話だった。その2万円を、母は何を思ってどう使ったのだろう。

わたしたちが片付けながらお金の話で詰め寄っている間に、「終わったわよ!」と奥からユーさんの声がした。冷蔵庫も便器も、きれいになっていた。一旦話をやめ、ゴミをキッチンの空いたスペースにまとめ、あともう一袋分ぐらい足元のティッシュをゴミ袋に移動させれば終わりそうなところまで片付けた。その間母はマットレスに腰を下ろし、無表情で壁を見つめていた。

午後の早めの時間に、全てを片付けることができた。ユーさんは手際良くビニール手袋などを外し、「じゃあね! この状態をちゃんとキープするのよ」と母に言って帰って行った。昨日は土曜日、今日は日曜日。ユーさんは休みを返上して、このどうしようもない部屋を片付けに来てくれたのだ。

「本当にありがとうございました」。わたしと母のきょうだいは深々とお辞儀をし、ユーさんを見送った。

山積みのゴミ袋を背に、母は少し小さくなったように見えた。

8 4 2 3

ユーさんが市に掛け合ってくださったおかげで、部屋から出た大量すぎるゴミを翌日回収してもらえることになった。

このように、目の前にある問題を、ひとつひとつ片付けていかなければならなかった。誰を優先してお金を返していくか。何を優先してお金を支払っていくか。母の生活をどこから立て直していくか。どこまで手伝うか。わたしの手帳は山積みになった問題で真っ黒になっていた。

金銭的余裕はなく、食事は自炊をさせなければいけない。そのためには調理器具から買い揃えなくてはならない。洗濯機はいらないと母は言うが、汚れた服をクリーニングに出すのではなく、バケツででも洗濯しなければならない。母の腫れ上がった足も医者に診せに行かなければならない。部屋を、二度とゴミ屋敷化させてはならない。などなど。頭を抱えるわたしの隣で母は相変わらず母のきょうだいにこっぴどく絞られている。

インターホンが鳴った。玄関に行くと、ユーさんだった。「うちで余っていたから持ってきたわよ」と、わざわざ炊飯器を持って戻ってきてくれたのだ。どこまでも行動で母への応援を示してくれる人だった。御礼を伝え、わたしも少しやる気をもらった。

遠方から来ていた母のきょうだいも、用が済んだので帰ると言う。「それじゃあ行くわ」「ありがとう」。母ときょうだいはあっさりした挨拶を交わし、わたしは母のきょうだいを最寄りの駅まで送った。新幹線や在来線を乗り継いでおよそ5時間30分かかるところからわざわざ来てもらって、わたしの気持ちは申し訳ないやらありがたいやらで沸騰して蒸気がたくさん出ていた。

わたしはふと、気になっていたことを思い切って訊いてみることにした。

「なぜそんなに、母にお金を貸したの?」。母のきょうだいは一瞬口をつぐんだ。

そして、「頭では騙されているとわかっていても、やはりきょうだいだから何とかしてあげたいという気持ちがいつも勝ってしまったのだよ」と言った。

駅に着くと、母のきょうだいは足早に改札をくぐり帰って行った。わたしはその足で今日からの母の生活のために、大量の買い物をした。調理器具やお米や野菜、調味料。ビニール袋の取手がちぎれてしまいそうなぐらいの荷物を数袋、無理矢理両手にぶら下げ歩く。母の部屋に戻り、山積みのゴミ袋の隣で買ってきたものの説明をした。

「今日からごはんを炊いて、お味噌汁をつくって、まずそこから始めましょう」

すると母は、「リーがおしえてくれるなら、わたしも頑張るわ」と言った。「とりあえずやってみて?」と言うと、「わからない」と母が言うので、お米の研ぎかたからお味噌汁のつくりかた、葉物野菜のお浸しのつくりかたなどを順番におしえた。

これが一生続くかと思うと意識が遠くなり、わたし自身がゴミ山に突っ込んで行きそうになった。「今日だけ、今日だけ」と自分に言い聞かせ、なるべく丁寧におしえた。

質素な食事が出来上がり、買ってきたお皿に盛り付け、母はそれを頬張った。

「おいしいわね、お野菜で季節を感じられるのはいいことだわ」と嬉しそうに言った。

食べ終え、洗い物をするのを確認するところまでが今日のわたしの仕事だ、とわたしは全ての余力を注いで意気込んだ。

わたしの家に滞在していた時、数枚のお皿を30分かけて洗った人だ。今使った器を片付けるのにもそのぐらいの時間がかかるのだろう、と思いながら洗い物の指示をした。強い潔癖症の彼女は、「洗った器をここに置くの？　それは無理よ」だの、「それはそこじゃない方がいいわ」だの色々と文句をつけてくる。「ここで大丈夫だよ。使う前に軽く洗えば問題ないよ」。わたしは苛立ちを抑えて言った。

「使う前に……リーが洗ってくれるの？」「自分で洗うんだよ」。無意識に両手に拳を握りながらも、穏やかな口調でこたえた。

「ゴミを出したら帰るけど、預かっているキャッシュカードの暗証番号をおしえて？」

明日は年金の支給日だ。

「暗証番号……なぜ？」と母が言うので、「家賃や光熱費、滞納している諸々を支払わないといけないじゃない。わかるでしょう？」。わたしは何度も何度も部屋とゴミ捨て場を往復し、その合間合間に母を説得した。最後の往復を終え「じゃあ、わたしは帰るから。明日、振り込みを終えたら、生活費をどうするか考えるためにまたここに来るね」と言った。母は自分の服の裾の方をギュッと握って、絞り出すような声で言った。

「8423」

自立支援するという選択の善し悪し

母はいよいよ足の調子が思わしくなくなり、傘を杖の代わりに持っていないと歩けなくなっていた。腰もえらく曲がり、首は前に垂れ、年齢よりも確実に老けて見えた。近くのクリニックにもひとりで行くことが難しいため、ユーさんが付き添ってくれることになった。

診察結果は「カリウム不足」。生野菜などをしっかり摂ると良くなるらしい。加えて、きちんと食事を摂り、適度に運動して体を使い、お風呂で体の芯まで温まってよく眠るとすぐに良くなるとのこと。全て母の苦手なことではないか。

わたしが率先してサポートできるのは食事だった。1日おきにスーパーに買い物へ行き、食材を届け、献立の提案をしたり、ものによってはわたしが作ったりもした。母にお金を持たせたくない一心で、わたしはちょっと頑張った。しかししばらく経つと、自分の生活との両立がつらくなってきた。

そこでわたしは母をスーパーに連れ出し、これまでの日々の食事を思い出し、2日分の食事を想像してカゴの中に食材を入れるように伝えた。売り場を見た母は「ここにはいろんな産地のお野菜があるのね、すごいわね」と言った。どこのスーパーにでもあるだろう。本当にスーパーに行かない人なのだ。野菜を中心に、母は遠慮がちにカゴに入れていく。何度かこうしてスーパーに付き添い、徐々に自分の負担を減らしていった。

ある日、それぞれの買い物のレシートを並べて見ていたわたしは、1日あたりの食費の平均金額が大体同じことに気付き、それならば……と、その額を母に渡すことにしてみたんだ。5日に一度、母と待ち合わせて食費を渡す。その時に前回の買い物のレシートを見てきちんと食事を摂っているかを確認する。土台はできたし、あとは実践してもらうのみ。わたしは彼女の年金から、滞納している健康保険料や、公共料金、家賃を支払い、残ったお金を食費と、万が一のために置いておく分に振り分けた。

金銭と食事の管理はこれでできているつもりでいた。

わたしの粗《そ》相《そう》はリーのせい

その日は、出勤前に母に食費を渡す日だった。

母は昔から時間にもルーズで、もっともらしい理由をつけて2~3時間の遅刻なんてザラだった。ギリギリまで待っても来なかったので、わたしは会社に出ることにした。

仕事を始めて1時間ほど経った頃、当然のような顔で母が入ってきた。わたしは慌てて駆け寄り、外に出るよう促す。オフィス内が一瞬静寂に包まれた。気まずさは後回しにし、外に連れ出した母に入って来ないよう強くお願いした。母は普通に道を歩いていても悪目立ちする風貌。会社の人たちに色々と説明するのも面倒だし、そんな気もなかった。

「朝起きたらすごく調子が悪くて、なかなか家を出られなかったのよ」。また言い訳する母に、わたしは黙って5日分の食費を渡し、足早にオフィスに戻った。戻るなり近くにいた同僚が心配そうな顔でこちらに来た。何を聞かれるかはわかっている。

「リーさん、大丈夫？　あの人はなんなの？　ちょっとなんて言うか……こわかったわ」

「あぁ、近所に住んでいる人で、ひとり暮らしだから慕われていてね。でももうここに来てはダメだって伝えたから」とわたしは作り笑顔を振り撒きながら答えた。内心、心が痛んだ。他人の目から自分を守るという行為は、実に醜い。同僚たちは「そうだったの、大変だね」だの口々に言い、興味はあっという間に宙に散っていった。

仕事を終え、スーパーへ買い物に行こうと歩いていると、ユーさんにバッタリ会った。「お母さん、お風呂には入ってそう？」と訊いてきた。今朝の風貌を思い浮かべながらわたしは「入ってないでしょうね……」と答えた。するとユーさんが、「前に病院に行ったでしょう？実はあの前にお母さんと道で会った時、あまりに歩き方がおかしかったもので、センターに看護師がいるからと連れて行って、足を診てもらったの」と言った。

「お母さんは『大丈夫だから！』と抵抗したのだけれど、無理矢理足を見ようとしたら、もう靴下が足にくっついてしまってなかなか取れなくて、その靴下を何とか脱がせたらその下にストッキングを履いていてね……これがいよいよ本当に脱げなくて、大変だったのよ。足から出ている膿《うみ》のせいで、もうストッキングと皮膚が同化してしまっていて、ハサミで切って何とか脱がせて、そしたら脱いだ瞬間、膿のない部分からパァッツッツッと皮膚の粉が舞ってね……すごく匂いもしたし、あれでは悪くなる一方だわ」

何とも汚らしいことで他人の手を煩わせてしまった事実に、わたしは苦笑いをしながらも、蜂窩織炎が慢性化していることを知り、母を訪ねてみることにしたんだ。

アパートに着き、インターホンを鳴らすと、しばらくして母が出てきた。

「今朝はごめんね」と母が言った。ごめんねと言えばいいと思っているのが見えてしまい、聞き流す。ふと、マットレスに大きな楕円形のシミが付いていることに気付いた。

おしっこ……？

「マットレス、それどうしたの?」と言うわたしに母は、「トイレットペーパーがなかったから」と言った。理由になっていないし意味がわからなかった。母は続けて、「リーがトイレットペーパーの分のお金を渡してくれていないからでしょう」と言った。

わたしは呆れ果てて500円玉を置いて母のアパートを後にした。

シャネルとエルメスはティッシュ

母の体が気掛かりで、わたしとユーさんは、母の家を頻繁に訪ねた。相変わらず調子は良くなさそうだ。ある時アパートを訪ねると、母は楕円形のシミがついたマットレスでゴロゴロと横になっていた。今後の計画として、包括支援センターの職員の方に無料で手製の杖を作っていただくこと、介護保険の認定を受けることが決まっていた。

わたしはこまめに母のきょうだいに状況を報告していた。少々面倒ではあったが、何かあった時にその部分だけを話したところで常人には理解し難いことだらけなので、日常的に経過を話しておいた方が後々自分も楽だと思ったからだ。

その日の電話で、翌日が通院日だと伝えると母のきょうだいは、「考えたのだけど、やはりあれだけの額のお金を使っているって異常だと思うの。きっと部屋のどこかに、例えばブランド物とか……何か高価なものが隠れていると思うから、病院で診てもらっている間にリーは部屋に行って、その隠しているものを探してきてくれない？」と言った。いくら親子とはいえ、勝手に部屋に入って物を漁るのは気が引けたが、確かに気になるところではあった。

わたしが事情を話すと、ユーさんは母の付き添いを快諾してくれた。

当日、ふたりがアパートを出たタイミングで母の部屋に行き、合鍵で忍び込んだ。

わたしは泥棒にでもなったような何とも言えない気分で、ひとつひとつ段ボールを開け、見つかるかもしれない何かを探した。しかし中から出てきたのは無数のティッシュやビニール袋、洗濯物や紙切れで、金目のものは一切なかった。

帰り際、ポストの郵便物を確認すると、駅前のブランド品を買い取るお店からのハガキが届いていた。そこには「先日は御利用いただきありがとうございました」という書き出しとクーポンが印刷されていた。最近利用したのか……。嫌な予感しかしなかった。

そして、意を決してこの店に行ってみることにしたんだ。

小綺麗な見た目のそのお店に入ると、スーツを身にまとった、姿勢の良い無表情の若い店員が出てきた。母は何を売ったのだろう……。わたしは「母の家にこのハガキが届いていたのですが、最近認知症になってしまいまして、以前利用していたお店などを調べています。母の利用履歴をおしえてもらえますか？」と嘘を交えて店員に訊ねると、「かしこまりました」と言って奥に消えて行った。正直、もっと色々と訊かれるものだと思っていたので、こうもあっさりいくのかと拍子抜けした。

数分後、戻ってきた店員が「お待たせ致しました。こちらが御利用履歴でございます」と二つ折りの大きな紙を差し出した。やはり無表情だ。

緊張で手に汗を握りながら紙を開くと、大きな紙の隅の方に小さな乾いた文字で、「50度数テレフォンカード〈未使用〉　1枚　400円」とだけ書いてあった。

「え！　これだけ！」。無機質な店内にわたしの間の抜けた声が響いた。店員は表情ひとつ変えず、「さようでございます」とだけ告げた。

すっかり力が抜け恥ずかしくなったわたしはそのままお店を後にした。家までの道を歩きながら、何だか笑いがこみあげてきた。母は、本当にお金に困って、小銭でも欲しいからテレフォンカードを売りに行っただけだった。

高価なものなんて何も所持していなくて、ただただその日暮らしの贅沢でひと様のお金を食い潰していただけだった。シャネルやエルメスが出てくるのではないかという我々の予想を大きく裏切り、そこには使い古された大量のティッシュがあるのみだった。帰り道、わたしは母のきょうだいにこのことを話した。母のきょうだいは、どことなくガッカリしたような、何とも言えない声色でわたしの話に相槌を打っていた。

介護保険の認定調査

その日、うちに母宛の郵便物が届いた。いやに分厚いそれは携帯電話会社からのもので、いかにも嫌なエネルギーに溢れていた。開けてみると2ヶ月分の携帯料金の未払い額と、支払われないまま経った2ヶ月の間に発生している罰金、合計で7万円を期日までに支払わないと訴訟を起こすという内容だった。放っておくのはまずそうだ。けれど、見ず知らずの人に謝り疲れていたわたしは、母に電話をかけさせようと思った。

こんなものが突然送られてくるはずもなく、なぜ相談しないんだ！と苛立ったけれど、わたしが言いにくい雰囲気を出していたからなのかもしれない、とも思った。

翌日は介護保険の認定調査日だ。ついでに母にこの件も訊ねてみよう。

この頃になると母は、食事こそ何かしら食べていたが、風呂にも入らず着替えも1シーズン同じ格好のまま寝起きを繰り返していた。巷では疫病の流行が拡大し、世の中が外出に過敏になっても、「潔癖症」の彼女はお構いなしに我が道を傘を支えに歩き回っていた。

介護保険の認定調査は基本的に本人の自宅で行われ、家族も立ち合う必要がある。わたしは郵便物を持って、社会福祉士のユーさんと、介護保険の認定調査員の方と3人で母の部屋の前で待ち合わせた。

ユーさんは、包括支援センターで母の身長に合わせて作ってくれた杖を持ってきてくれていた。母は先日ユーさんが借りてきてくれた入浴介助用の椅子を部屋に置いてそこに腰掛けた。調査員の方も母の目線に合わせるために汚れた床に正座をして、生活について色々と質問をした。そして、わたしも確認のために同じ質問を受けた。

大方の質問にわたしは「いいえ」と答えた。「食事はきちんと3食摂っていますか?」「それを自分で用意できますか?」「お風呂には入っていますか?」「それを自分でしていますか?」「歯磨きはしていますか?」……といったような内容だった。

ひと月ほどで、介護保険の認定結果は出るらしい。認定調査員の方とユーさんは用事が終わると帰っていった。

わたしは郵便物を出し、「また困ったことになっているよ」と母に見せた。母は事の重大さに気が付いていないのか、もう金銭の管理を自分でしないため関係ないと思っているのか、無反応だった。「電話を貸してあげるから、自分でここに連絡して」とわたしが言うと、母は頷いた。

3ヶ月以上風呂に入っていない母に携帯電話を貸すのは気が引けて、スピーカーにして電話をかける。相手はさすが、こういった件の専用窓口の担当者だけあって、隙がなく口調が強い。母はいつも通りある事ない事言い訳をしていたが、見事に全て突っぱねられてしまう。見兼ねたわたしは、「まず謝れ! その後、すぐに全額は無理だから2ヶ月だけ待ってくださいと言え!!」と手元のメモに殴り書きをして母に見せた。母がその通り伝えると、相手は「2ヶ月を1日でも過ぎたら即座に訴訟を起こしますので」と言い、渋々了承してくれた。この額をどうにか次の年金から捻出しなければならない。

換気のため開け放した窓の外から冷たい風が吹き込み、風上から漂う古い尿の匂いがわたしの鼻を激しくついた。

精神科医のことば

春の心地良い風が時折吹くようになってきた。街行く人々はコートを脱ぎ、明るい色の服を着て気持ち良さそうに歩いている。そんな中、厚手のダウンジャケットに身を包み、杖をつき頼りない足取りでこちらにやってくるひとりの老人……母だ。

5日分の生活費を渡す待ち合わせの時間に、珍しく10分だけ遅れて到着。わたしの顔を見るなり、「昨日家にユーさんと、包括支援センターに新しく入った看護師さんが来たわ」と母は言った。「お風呂に入れって言われたのだけど、わたしだって体調とかあるんだから急かさないでほしいわ」と続ける。風呂なんて日々の習慣になっていたら何てことないけれども、なにせ何ヶ月も入っていないと、それはまるでゴールデンウィーク明けにブラックな会社に行くぐらい億劫らしい。母は、脂が全体にまわりきってなびきもしない頭髪を春風にさらしながら、まるで「お風呂に入ろう」と促す我々の方がおかしいような言い草で言った。わたしはこの、母の精神状態がどうにも理解できず、市の無料相談を利用して、精神科医に診てもらうことにした。

このサービスは、ユーさんが少し前におしえてくれた。社会福祉協議会で月に一度行われていて、先着順で精神科医に無料で相談ができる。

相談日の前日、アパートの管理会社からの電話が鳴った。もう、嫌な予感以外何もない。

「リーさん？　管理会社です。あなたのお母様がまたアパート中の住人の家を訪ねてインターホンを鳴らし、出てくるまでここにいるわよ！と脅して家の前に居座り続けたり、別の部屋の住人の玄関の扉に〝洗濯機の音がうるさい〟と貼り紙を貼ったり、もう住人の方からのクレームがすごいんです。聞くところによるとお母様、今杖をついているそうじゃない？　2階に住んでいるお母様が自力で階段を行き来できるんですか？　もう本当に引っ越ししてもらえないかしら」。電話から耳を離しても聞こえそうな声量で相手は話している。わたしは恐らくこの電話の声を聞きながら白目を剝《む》いていただろう。ひとまず謝りに謝った。正直もう何に謝っているのかもよくわからないで謝った。

翌日、わたしと母は最寄りの駅で待ち合わせ、精神科医の無料相談に出向いた。移動しながら、昨日の電話の話をしたんだ。

「なぜそんなことをするの？」とわたしが問うと母は、「何の話？　ちょっとよくわからないわねぇ」ととぼけた。「家の前なんかに居座られたらこわいじゃないか！」とわたしが言うと、「そんなことしたかなぁ……？　そうだったかしら？」とまたとぼける。「洗濯機の音がうるさいとか、そんな貼り紙する必要ある？」とわたしが言うと間髪を容れずに「それはわたしじゃないわよ」とハッキリと言った。貼り紙以外は母の仕業らしい。用があるなら他人にいちいち絡まずにわたしに言うよう、口を酸っぱくして伝えた。「今住んでいる家を追い出されたら、もうホームレスしかないんだよ」とわたしが言うと、ヘラヘラしていた母は真顔になった。リアリティがあったのだろうか。

社会福祉協議会に着くと会議室のような部屋に通され、白衣を着た派手な印象の先生が座っていた。わたしはここに来た経緯を簡単に説明した。借金癖やゴミ屋敷を始めとした問題行動や他人に迷惑をかけても何とも思っていないこと、自身の生活を放棄していることなど。

先生は母に、これらについてどう思っているのかなどいくつか質問を始めた。

すると母は、「わかっているんですけども、体がしんどくて。もう年ですから、若い人にはわからない辛さがあるんです」と自己防衛の言葉をツラツラと述べた。先生は表情ひとつ変えず、題材を変え同じ質問をする。母はやはり食い気味に言い訳をした。不毛な時間が30分ほど過ぎ、職員の方が「そろそろお時間です」と室内に入ってきた。

わたしは先生に「母は精神科に通院する必要があると思われますか？」と訊ねた。先生は、「その必要は感じられません。恐らく大人の発達障害かと思われますが、通院して治るものでもないので……もしもっと詳しく知りたいと思われるのなら通院されても構わないですが、わたしにはその必要性は感じられません」と言った。

発達障害。

医師が通院の必要がないと言うので、ひとまず精神面を医療に託すことは諦めたんだ。少し前に進めるかと思った精神科医との面談は、結局モヤモヤした感じで終わってしまった。

汚れた体

母が風呂に入らなくなり、半年が経過した。ある日、仕事を終えると、生活費を渡す日ではないのに母が表で待っていた。風のない静かな夜、彼女の髪は突風の海岸にいるような形になっていた。どうも人の頭髪というものは、一旦脂を蓄えた後、それが限界に達すると、次は乾燥するらしい。母は「お腹が空いたの。トーストとココアだけでいいから、ごちそうしてくれない？」と言った。トーストとココア「だけでいい」というところが母らしい。わたしも母と話そうと思っていたので、近くの喫茶店に入ることにした。

店の扉を開けるなり、ズカズカと店内に入って行き、ドカッと席に座る。

「なぜお腹が減っているの？　わたしが渡したお金の使い道はどうなっているの？」。わたしが訊くと母は答えた。「この間のお金を貰った日、あの後雨が降ってきて、濡れたくないしすぐに止むと思ったから喫茶店に入ったの。ホットミルクを飲んでいるうちに止むかなと思っていたけど、なかなか止まないからトーストも注文して、それでも止まなくて、焼き菓子も注文したらもうお金がなくなってしまったの」

わたしは目の前がチカチカした。「どうして……」と言いかけたところで母お得意の言葉が返ってくる。「仕方ないのよ」。余程お腹を空かせていたのか母は、トーストとココアを物凄い勢いで平らげた。食べ終えた母は、「もう一度生活費をもらえる？」と紙ナプキンで口を拭きながら言った。ここで渡してしまっては、また同じことを繰り返すだけだ。

「あげないよ」と言ってわたしは母を置いて喫茶店を後にした。

この頃になると母は、都会のガード下にいるような匂いを放っていた。定期的に食費を渡していたけれど、何に使っているのか彼女はどんどん痩せ細ってきている。

わたしは、もう少ししっかり管理をしようと思い直した。家のお風呂には相変わらず入る気がないらしく、スーパー銭湯のような、少し値の張るお風呂屋さんに行きたがった。

半年もお風呂に入っていない人が公衆浴場に入るとどうなるのだろう……。迷惑でしかない妄想をしながら、家にお風呂があるのだから家で入ってほしいこと、そして買い物をしたレシートも毎回必ず持参するように伝えた。母は話に関係のない独り言をブツブツ言い、お風呂の話をどうにかはぐらかした。

間もなく先日の介護保険の認定調査の結果が出る。恐らく「要介護」ではなく「要支援」なので、包括支援センターの人がもう少し母の生活に介入し支援をしてくれる。わたしはそれに少し期待をした。なにせわたしは母に、普通の生活を送ってほしかったんだ。他者に頼るのではなく、自分自身で最低限のことができなければ、今より歳を取った時、確実に何段階も困ったことになる。

ある日、母がレシートと郵便物を持ってきた。「食パン、チーズ、ビスケット」がどのレシートにも並んでいる。これでは痩せるわけだ。野菜を洗って、切って、調理することがどれほど難しいことなのか。また買い物も指導し直さないと……と思っていると、「その封筒は何が入っているのかしらね」とわたしの手元を指して母が言う。「介護保険認定結果在中」とあった。急いで封筒を開けると三つ折りの紙に、結果が書かれていた。

要介護1

紙には「要介護1」と記されていた。すぐさまユーさんに電話をかけ、結果を伝える。電話口でもわかるほどにユーさんは落胆していた。

「要支援なら包括支援センターが請け負えるけれど、要介護になるとケアマネージャーを立てて、そこから介護士さんや看護師さんに世話をみてもらわないといけないの……こちらでできることも限られてくるわ」。わたしは困惑した。ユーさんは「でも例えばデイサービスでお風呂を利用することもできるし、そこまで車で連れて行ってもらえるから悪いことではないよ」と付け加えた。

デイサービスって、祖母が生前利用していたあれじゃないか！と思い出した。そこにお世話にならなければいけない状況だと判断されたことに、今度はわたしが落胆した。

この時、母は69歳。祖母がデイサービスを利用していたのは80代だから、10年以上先をいっている。そこに追い討ちをかけるようなことがユーさんの口から出てきた。

「実はね、リーさんのお母さまが住んでいる地域はわたしの管轄外で、本当はリーさんが最初に行った隣駅のセンターがお母さまの管轄なの。でもお母さまがはじめに利用したセンターがうちだったのと、色々とお話を聞いているうちに〝これは大変だ〟とわたしが判断したから上の人に言って、色々支援させてもらっていたのだけども……そろそろ本来受け持つべき他の利用者さんにも差し障りが出ると言われてしまって」

これまで何かあればすぐにユーさんに連絡をし、道でバッタリ会っては話し込ませてもらうことに慣れきっていたわたしは、更に落胆した。ユーさんは続けた。

「だから新しい担当を今度リーさんにも紹介するわね。お母さまには今、看護師が付くことが必要だと思うから……新しい担当は看護師なのよ」

当時のわたしは、地域包括支援センターや社会福祉協議会の職員それぞれの肩書きなどよくわかっておらず、後に色々と勉強をして、皆さんの立ち位置を知ることになる。

「あと、地域をまわっている社会福祉協議会の人がいて、その人にもちょこちょこお母さまの家を訪ねてくれるよう、わたしから言ってあるから」。ユーさんは自分が退かなければいけない分、人員を厚くして引き継ぎをしてくれていた。わたしは言葉に詰まりながらもこれまでの御礼を伝えた。

「でもね、もしもお母さまが、わたしでなければ嫌だと言えば、わたしが担当のままでいられるから。福祉というのは、本人の意思を尊重しているからね」。ユーさんは言った。

わたしは即座に母にこの話を伝え、「ユーさんがいいよね？　ユーさんとじゃなければ頑張れないよね？」と訊いた。すると母は、「そんなことないわよ。ユーさんはちょっと厳しいところがあるし、わたしはわたしのペースでいくから心配ないわ」と言った。

カチンときたわたしは、「〝わたしのペース〟で来たからこんなことになっているんでしょう！　あなたが普通の生活を送るためにはユーさんの助けがどう考えても必要じゃないか！」と声を荒らげた。

母はやはり、わたしの意見など何も耳に入っていない顔で、どこか遠くをボケッと見つめていた。電話口でこちらの話を聞いていたユーさんは、「そういうことだから。途中でこんなことになってしまってごめんなさいね」と言って電話は切れた。

さて。困ったのはわたしだ。

次の担当の人に母が心を開き、言われたことを面倒臭がりながらでもするとは考えにくく、もっと言えば困った事態が起きた時に駆け付けてくれる方なのかもわからない。これは振り出しに戻ったのではないかと思った。その後も説得を続けたが、母は最後まで首を縦に振ることはなかった。恐らく先々のことなど何も考えておらず、もちろんわたしのことなど微塵も考えることなく、ただただ時間だけが過ぎていった。


ある日、新しい包括支援センターの担当の方と会うことになった。

ある程度のことはもうユーさんから聞いているだろうし、これからお世話になるのだから挨拶をしておきたいというわたしの申し出を受けてくれたのだ。

新しい担当の方は、オウさんと言いユーさんよりも20ほど年が若かった。この3月まで病院に勤めていて、4月から包括支援センターで働き始めたばかりの人だった。

オウさんは「わたしはユーさんのように携帯電話の番号はおおしえできないのですが、用事がある時はいつでも包括支援センターにお電話くださいね」と言った。そして、「なかなか難しいお母さまだとはユーさんから聞いています。根気良くお母さまのところに通って、心を開いてもらえるように頑張りますね」と言った。これからはこれまで以上にわたしがしっかりしなければ……わたしは「よろしくお願いします」と言い、オウさんと別れた。

さて。ユーさんは離れ、介護保険の認定結果も出た。先に進まなければならないが、介護保険を利用するためには、これまた本人の意思が必要だ。母に、要介護1の人が受けられるサービスを伝えた。内容は主に、お風呂の介助や、買い物の付き添い、家事を手伝ってくれたり、訪問看護があったりと言ったものだった。

母は、「別にわたしには必要ないわ」とそれらを拒んだ。

「じゃあ自分でお風呂に入れるの？　食事も摂れる？　掃除して、ゴミを出して、洗濯もできるの？？」とわたしは強めの口調で詰め寄る。母は遠くを見ながら「リーにはわからないかもしれないけれど、わたしも年をとってしんどいの。わたしはわたしのやりかたで毎日やっているんだからあまりうるさく言わないでちょうだい」と言った。

麻痺しかけていた鼻がふいに正気に戻り、鼻の粘膜に母の臭気がくっついていることに気付いたわたしは少しむせ返った。

Column 2

タイニーカフェ

お節介を焼いたことはありますか？

お節介を焼かれたことはありますか？


母が亡くなるひと月ほど前から今日に至るまで足しげく通っている「小さな喫茶店」。

ここをひとりで切り盛りしている店主は、お節介とは違った、世話焼きともまた違う、何かしらの親心のようなものを持っている。

わたしはこのお店に、店主に、常連客に、本当に救われたんだ。

彼らがいなければわたしは今頃どうなっていたのか。そもそもここまで立ち上がることもできず、この本すら出来上がっていなかったかもしれない。


母の生前、亡くなった当日、その後。

いつも、いつでもわたしはここを頼りにしていた。

たまたま友人に連れられて入ったこの店は、外から見るとカウンターの中を隠すように積み上げられた本やCDやレコードでいっぱいで、その偏りのない幅広い作品群には当初からかなり好感を持っていた。

日々母とのことで何だかんだと疲れが溜まっていた

わたしは、仕事終わりに家の近所のこのお店に立ち寄り、ここで話をすることを楽しみにしていた。

当時疫病の流行で、なかなか気軽に友人と会ったり、どこかへ出かけたりすることが難しかったこともここに頻繁に出入りするようになったキッカケのひとつのように思う。疫病は長らく我々の生活に影響を与えた厄介なものだったが、おかげでここと出会えたことを考えると、悪いことばかりではない。

毎日毎日、まるで家に帰るかのようにお店の扉を開けカウンターに腰掛け、週に一度の店の定休日には店主と外で飲んだり、常連客の中のひとりのうちに集まったり、とにかく彼らに会わない日の方が少なかった。

決して依存ではないこの関係はとても心地良く、母亡きあとに泣き言を聞いてもらったり、思い浮かんだ野望を聞いてもらったりしているうちに、わたしは物凄い速度で通常に近い精神状態に戻ることができた。

お店のテーブルの上、椅子の下、本と本の間や積み上げられたレコードの裏、トイレに貼られたボブ・ディランのポスター。あちらこちらにわたしの悲しみや虚しさは散らばっていき、今も方々で思い出としてわたしの手の届く距離にそれらは潜んでいる。

わたしはこれらの感情を振り落としたそのあとも、毎日毎日小さな喫茶店に行っては、夜のひと時を過ごしていた。

そんなある日、店主がひとことわたしにこう言った。

「いつまでもそのままでいるのではなくて、きちんとやるべきことをやらないと」

困った家族を失ったことで見失いかけていた自分自身の人生を、この言葉を貰ったことで取り戻すことができた。

数ヶ月後、環境を変えたくて少し離れたところに引っ越しをした。

小さな喫茶店から離れてしまうことはとても寂しく思ったが、通えない距離でもない。あと、あちらこちらに母の面影が影を落としていることも、この街を出た理由のひとつだった。

新たに居を構えた街は、これまた令和の東京とは思えないご近所付き合いのあるところだった。越した1

週間後には近所の人たちがうちに手土産を持って出入りし、道を歩けば名前を呼び合う知り合いがたくさんできた。小さな喫茶店のようなお店は見当たらないが、それもあちらへ出向く理由ができてまた都合が良い。

特段努力をしているつもりはないが、わたしはひとりでは生きていけないという自覚を常に持ち合わせている。きっとそれが無意識にこのような展開を招いているのだろう。

若者から年配者まで、皆で色々な話をする日々。他者と交わる時間を多く持てば持つほど、わたしも相手も孤独や孤立とは縁遠くなる。

何も群れをなすことが大切なのではなくて、何かあった時に気付き合うことこそが重要で、そこには幾分かのお節介も混ざっている。

今日もわたしはこの町やあの町で、人々にお節介を焼き、また人々にお節介を焼かれる1日を過ごすのだろう。

第3章

母は、どう生きたいのだろう

狂った人が救われる世界への憤り

その日、わたしは友人と会っていた。彼女にはどんな些細なことでも、母の近況を逐一伝えるようになっていた。そうしなければ自分を保てなくなっていたのだ。深刻そうに話すのはどうも自分の性に合わず、毎回少しでも笑ってもらえるように努めていた。近しい友人たちにありのままを話すと皆まずは驚き、最後はそれなりに笑ってくれたけれど、この時のわたしは、何かにすがりたいのに何にもすがりきれずにいた。

この頃からだ。もしわたし達が〝親子だから〟という理由だけで一生付き合わなければいけないのであれば、この縁を切ることはできないのだろうかという考えに及んだのは。

実際わたしはこのことを弁護士に相談した。戸籍の分籍はできるが、それでは親子の縁を断つことにはならず、法律上親子の縁は切れないという。

困っている人には、例えそれが形だけのものだとしても、行政などが何かしらの救済や支援をしてくれる。しかし実際本当に困っているのは、そのまわりでサポートしている家族や身内だと思う。

わたしは諦め悪く親子の縁を切る方法を調べに調べたが、結局弁護士の言う通り、そんな方法は見つからなかった。

包括支援センターの母の新しい担当、看護師のオウさんから電話があった。

オウさんは、母に心を開いてもらおうと、社会福祉協議会のサイさんと共に、何度か自宅を訪ねてくれているそうだが、現状母は玄関の扉を少し開けるだけに留まっているらしい。

そりゃあ、自分本位で69年間やってきたんだ。すんなり扉を開くわけがない。オウさんは「でも諦めずに何度も会って、まずは世間話ができるように頑張ってみますね」と電話を切った。

この日も母と待ち合わせをしていたが、時間になっても来ない母をイライラしながら待ちぼうけていた。すると「リーさん！」と名を呼ばれた。社会福祉士のユーさんだった。

久しぶりに見るユーさんの変わらぬ顔に、わたしのささくれだっていた心が少し柔らかく緩んだ。「その後、お母さまはどう？」とユーさんが言う。どうもこうも、何も良くならない現状を簡単に話す。新しく母の担当になってくれているオウさんやサイさんから、大まかな話は聞いているそうで、「どうすることが一番いいんだろうねぇ……」と、わたしたちは同じ言葉を口にして首を傾げていた。

わたしは、「母はもう8ヶ月お風呂に入っていなくて、人はそこまでお風呂に入らないとどうなるのかもよくわからないですし、介護保険も使いたがらないからどうすればいいのか……正直見た目もすごいんです」と言った。ユーさんは包括支援センターで長く勤めておられるので、母のような人を何人も見てこられている。だからなのか、この時は「そうだよね。そこはリーさんとしても心配だよね」とだけ言った。

待ち合わせ時間から45分が過ぎた頃、信号の向こうに杖をついた、見慣れたシルエットが現れた。するとユーさんは久しぶりだしちょっと話してくれると言う。もう日が暮れ始め、あたりは薄暗い。濃いグレーのシルエットは、わたしたちの方にゆっくりと近付いてくる。5メートルほどの距離になった時、ユーさんが「うわ……」と言った。

ユーさんはまるで週末に駅のホームにぶちまけられている嘔吐物を見るような目で母を見ていた。ユーさんは続けて、「強烈だね」と放心状態で言った。

ゆっくりとこちらに来た母が「ちょっと具合があんまり良くなくてね。遅れてしまったわ」といつものセリフを口にした。続けて「ユーさんお久しぶり。お元気にされているの?」と話しかけた。

放心状態から戻ったユーさんは、「わたしは元気ですけど……ちょっと本当、お風呂に入りましょう! 臭いもすごいですし、こんな姿で外を歩いてはダメですよ! 介護保険も使えるわけだし、わたし、ケアマネージャーさん連れて行きますから! お風呂に入りましょう!」と顔をしかめ、呼吸をせずに勢い良く言った。

母は、「そんなのわたしには必要ないのよ。リーが銭湯に行くお金さえくれればひとりでお風呂ぐらい入れるもの。誰かにお風呂に入れてもらうなんて嫌よ」と言った。脂のせいか髪の生え際が薄くなり、これまで月に一度2〜3万円かけてきれいにしていた髪は白黒混ざってかたまっている。毛穴もいよいよ限界なのだろう。

ユーさんは、「そんなこと言ってる場合ですか！　髪もすごいですけどあなた、顔の色をご自身で見ていますか？？　垢《あか》が溜まって土のような色になっていますよ！　もう、ケアマネージャーさんを絶対連れて行きます！！」

そう言ってユーさんは帰って行った。母に道端でお金を渡し、レシートを受け取る。母の顔は茶黒かった。

わたしは「ユーさんの言う通りだよ。今時路上生活者でももう少し綺麗にしているし、清潔にして健康になろうよ」と言うと、母は「わたしだってお風呂に入りたいの」と言った。何とか無駄なお金を使わないで健康的な生活を手に入れてほしいというわたしの思いは、一体どこに持って行けばいいのか。気持ちだけが宙に浮いていた。

この日の夜、わたしは母のきょうだいに電話をした。事情を話すと「わかった。もうそれは銭湯に行くしかないね。わたしがそのお金を払うから、リーは銭湯に連れて行ってやってくれる？」と言った。なぜそこでお金を払うという選択肢になるんだ。それでは何も解決しないいんだ、とわたしは少し絶望した。同時に、母を銭湯に連れて行くなんて心底嫌だとも思った。

結局人は余程のことがあっても何も変わらないんだ。わたしは少し納得して、そうしたら笑いが込み上げてきた。

甘えすぎた人生の先に待つもの

ある夏の暑い日のこと。

ユーさんは、担当から外れたというのにケアマネージャーを連れ、母のところへ出向いてくれた。もちろん母が介護保険を使ってお風呂に入れてもらうことに簡単に賛成するわけもなく、しかもどうにも最近のこの暑さのせいか、足の具合が悪いらしい。

と言っても蜂窩織炎が悪化しているだけの話で、言われた通りにしていたらもうとっくに完治して、この病名も忘れてしまっていただろう。ふたりが訪ねてくださった時、母はもう歩けない、トイレにも行けやしないと訴えかけたそうな。ユーさんから電話でそう報告を受けた。

結局あまりにも足の状態が良くないので、これ以上不衛生にならないためにも、今から部屋の風呂を使って母の足だけでも洗おうと言うのだ。

そんなことまでしてもらうのに、わたしがここで出て行かないのもいかがなものか……結局わたしは仕事を抜けさせてもらい、母のアパートへ行った。

心が狭いと思われるのは承知だが、こういうことで仕事に穴を開けるのはとてつもなく嫌で、自分で行くと決めた割にわたしはイライラしながら母の部屋に向かった。正直なところわたしにできることがあるのかわからなかったけれど、ふたりで母の両肩を支え、まずズボンを脱がせた。

パンツをはいていなかった。

洗濯をするという習慣がない母は、新しいパンツがないため、ここのところノーパンで過ごしていたらしい。

脱いだズボンにはオシッコの跡が、それも1回ではないいくつかの大きなシミがくっついていた。わたしは母の下半身の状況がよく呑み込めないままでいた。手際の良いユーさんが浴室側に入り、半裸の母を丁寧に洗う。「気持ちいいわね〜」と呑気にこれを満喫する母。わたしは「いい加減にしろ」と思ったが、口には出さず顔に出しながら、母の体を支えた。ひと通り洗ってもらいスッキリした母は、別のズボンをはかされ、部屋に戻した入浴介助用の椅子に座った。

ユーさんがもう大丈夫と言うので、わたしはひとまず仕事に戻った。その日の夜、仕事終わりにユーさんから再び電話が鳴った。聞けばあの後ユーさんが母を病院に連れて行ってくれたというじゃないか。「せっかくきれいにしたんだから、足を診せに行きましょうということで行ってきたの」。結局ユーさんにものすごい時間と労力を使わせてしまい、わたしはとても申し訳ない気持ちになった。

しかしここで、わたしの恐れていたことを耳にする。

「病院で足の全体を見せなくてはならなかったんだけども、お母さま下着を付けていないでしょう。いくらなんでもその状態で先生に診てもらうわけにいかないから、とりあえずオムツをはかせたの」

わたしは耳を疑った。オムツ……？　そんなもの、楽をするのが大好きな母に一番与えてはいけないものじゃないか。

「大丈夫よ。替えはないし、帰ったらちゃんと捨てるように伝えてあるから。それで、リーさん悪いんだけど次お母さまに会う時、下着を持って行ってあげてくれない？」

ユーさんは最善を尽くしてくれている。わたしは何も言うことができなかった。

2日後、わたしは母に下着を届けるためにアパートを訪ねた。玄関を開けに出てきた母の様子がどうもおかしい。買ってきたパンツを渡そうとすると「いいのに、下着なんて」と言いながら部屋の方に向き直ったその尻部分に、濡れた大きな丸が見えた。

「またオシッコを漏らしているじゃないか、早く着替えて！」と言うと母は、「大丈夫よ」と言うが、大丈夫ではない。口を尖らせながら母は渋々オシッコ染みの付いたズボンを下ろす。すると小柄な母には似つかわしくない大きなお尻が顔を覗かせた。

正確に言うとお尻が大きいのではなく、履いているオムツが許容量以上の尿を吸い、膨張していた。尿の臭気と視覚から来る衝撃で目眩がしたが、平然とそのオムツを脱ぎ、ウェットティッシュでまわりを拭き、新しいパンツときれいなズボンに身を包んだ母は、「リー、これ捨てといてくれる?」と床に置いた、重量がえらいことになっているオムツを指差した。「自分でしなさい!」とわたしが言うと母は、「しんどいのよ、動けないからお願い」と言った。

短い言い合いの末、負けた母は常備しているビニール手袋を装着し、ビニール袋にそれを入れた。「ちゃんとゴミの日に捨てて。わかった?」と言うと、「はいはい」と面倒臭そうに言った。わたしは、母がこのままオムツにはまっていきそうな気がしてならなかった。そして、何とかそれを阻止しなければと強く思った。

生きかたへのこだわりの相違

母はやはり、オムツにはまってしまった。正確にはトイレに行かなくていい楽な生活にはまってしまった。わかっていたことだ。

同じ頃、社会福祉協議会のサイさんが、単独で母のアパートを何度か訪ねてくれていた。サイさんは、地域担当の精神保健福祉士だ。当時のわたしは、サイさんとまだ直接会ったことはなく、しかしとにかく穏やかで優しいお人柄だとユーさんやオウさんから聞いていた。母のような「困った人」を取り込むにはうってつけの人だとわたしは思っていた。サイさんは母の部屋を訪ねては、日々体調がどうなのかとか、足が良くなったら地域の集まりに行こうだとか、治るまでは部屋で体を動かそうと体操をおしえてくれたりしていた。

母は華やかなものや場所が好きだ。以前、首が直角に曲がって歩き方がおかしくなった時も、何を言っても聞かなかったのだが、わたしがある時思い付いた「一緒に銀座に行こうよ」という内容のない誘いかけで、すぐさまその曲がった首とおかしな姿勢を自力で治した。そのぐらい華への執着が深い。そんな母が、地域の老人の集まりに埋もれることに楽しみを見出せるのか、わたしには想像がつかなかった。そこで知り合った人にまた金を無心するのではないかという不安もあり、その点は職員の方々に何度となく伝えていた。結局のところ、わたしがこうして足止めを食らわしたのか、そもそも本人に体操に行く気がなかったのか、そこに行くことは最後までなかった。

母の部屋は6畳ほどの部屋とキッチンのある単身者用のアパートだった。そこにあるのはユーさんが持ってきてくれた椅子、炊飯器、湯沸かしのポット、わたしがひとり暮らしの時に使っていた冷蔵庫ぐらいのもので、あとは中身のわからない段ボールやビニール袋だった。こんな部屋に毎日いては、そりゃあ退屈だろうし出かけたくもなる。

「何か、テレビとかラジオとかCDプレイヤーとかいる?」とある時わたしは母に訊ねてみた。するとは母は、「あってもいいかもしれないけど……別にいらないわ」と言った。

「でも、こんなところに毎日いて、つまらないでしょう?」とも言ってみた。

すると母は、「リーにはわからないかもしれないけれども、わたしはわたしでここを楽しんでいるし、色々とすることもあって毎日忙しいのよ」と言った。もはや理解ができない話なので、わたしは「へぇ」と聞き流すにとどめた。

オムツ騒動から数日。母はオムツ離れができたようで、もうオムツオムツと言わなくなった。一方で、生活費を渡す際に「トイレットペーパーがもうないからその分のお金」という頻度が高まった。わたしは頼まれると仕方なしにトイレットペーパー代を上乗せして渡した。しかし毎度生活費を渡す際に持ってくるレシートに、いつになっても出てこないトイレットペーパー。きっと他のことに使っているのだろう。

たかだか数百円の話だけれど、この数百円が何百万円の借金話と繋がっていないとは思えず、わたしはそこを指摘した。それに対して言い訳にならない言い訳をする母。

わたしたちはこうして埒《らち》のあかないやり取りを、ただダラダラと続けていた。

前大家さんからの電話

ある時、母が以前住んでいた家の大家さんから電話があった。アパートの修繕費、100万円の請求のお話だった。

前大家さんからは、「一括が難しければ、どれだけ分割でも構わないので必ずお支払いをお願いします」といった旨のメールが、時々わたしに届いていた。母の年金の管理をはじめて数ヶ月、とてもじゃないが100万円なんて額、ここから捻出できるものではない。

何とか切り詰めてつくった数万円を、わたしは一度振り込んだ。そもそも100万円という金額が妥当かわからなかったけれど、送られてきた写真を見る限りは適当に思えた。

この日の大家さんの用件は、「わたしの家族が仕事でそちらへ行きますので、一度直接リーさんとお話しさせてもらえませんか?」ということだった。わたしは母の前アパート契約時の「保証人」ではあったが、「連帯保証人」ではなかった。恐らく法律上、契約が終了した時点でわたしの保証人としての息の根は止まっていたはずではあった。しかし内容が内容なだけに、無視することはできなかった。

結局巷で長らく流行していた疫病の猛威は留まることを知らず、この話はなくなった。どっちみちわたしはそこに出向くつもりなんてなかったのだけど。

代わりに前大家さんから電話があった。

「実は直接お会いしてお話ししたかったことは、修繕費の増額の相談だったの。100万円ではやはり少なすぎるから、200万円に引き上げてもらえますか?」と言うではないか。「ええ、そうしましょう」と言うとでも思ったのか。そもそもわたしの知らないところで言い値で交わされた口約束だ。修繕費の明細などこちらには何も知らせるどころか提示もされておらず、そんな状態で請求額を倍にするとはなかなかおかしなことを言う人だなとわたしは思った。

「全くもって不可能なお話です。もちろん母が申し訳ない行いをしたことは深く反省しておりますが、修繕費用の明細などをお見せいただくこともないまま増額とは、何事ですか？」

努めて穏やかな口調でわたしは反論した。

すると前大家さんは、「わたしたちはあの部屋をあんなことにされてしまい、深く傷付いていますし、本当に修繕は大変な作業でした。退去時のゴミ収集の手配やそれにかかった費用もこちらがほとんど負担しているのですよ、200万円でも安いぐらいです」

申し訳ないが知ったことではないので、いかに無理かを細かく伝え、電話を切った。恐らく直接わたしを呼び出し、聞こえは悪いが半ば脅しのような流れで金額を引き上げるつもりだったのだろう。気持ちはわからなくもないが、わたしには迷惑でしかない。

「もうこれ以上の面倒は嫌だ」

わたしの頭にはこの思いしかなかった。わたしは母のきょうだいにこの件を話した。すると、「もうリーが嫌な思いをすることはないわ。わたしがその100万円を支払うから振込先をおしえてちょうだい」と言った。

金銭的、精神的にありがたい申し出ではあったが、金額の増額を提案してきた時点で不信感が高まっていたため、ひとまずこの話は保留にした。同時に、母のきょうだいはどれだけお金が有り余っているんだろう……という疑問が過った。

世の中にはお金でしか解決できないことが多くあるとは思うけれど、この件は本当にそうなのだろうか？

こういうわからない案件は、その道の人に聞くのが一番だろうと、わたしは不動産屋を営む昔馴染みのおじさんに相談をすることにした。しかしそのためには事の経緯を説明しなくてはならず、それを恥ずかしく思っていたわたしは、何度も相談を躊躇《ちゅうちょ》した。

そしてある日、思い切って電話をかけた。おじさんは母のことをよく知っているため、大抵の話を笑いながら聞きつつも、「リーのお母さんは、僕の実家にも昔からお金を貸してくれって来ては、僕の父に怒鳴られていたなぁ」と、聞きたくもない話を挟みながら、わたしの話を聞いてくれた。わたしが訊ねたかったことはふたつ。

「100万円という金額は妥当なのか」「支払う必要はあるのか」

答えは、「支払うなら支払う。嫌なら携帯の番号を変えて無視を決め込む。連帯保証人ではないのだから、払いたくないなら払わないという選択肢もある。金額は察するに妥当な範囲」とのことだった。

無視を決め込むのは人として如何《いかが》なものかと思い、わたしの中の結論はこの日、出るに至らなかった。

瞳の中の毒りんご

滞納借金まみれの母の家計簿をつけていたある日、わたしは母が生命保険に未加入なことに気付いた。お金持ちなら保険の類など入らなくてもいいだろうけど、真逆のこの状況。70歳を迎えていた母でも入れる保険をインターネットや、街の保険屋さんで探し回った。それが母のためなのか、近い将来の自分のためなのかはわからないけれど、無駄足を重ねた時間の使いかたをしていた。とにかく少しでもこの状況が良くなればいいという一心だったのだろう。

同時に、こんなことは長くは続けられないと思っていたため、前々からうっすらと考えていた「老人ホーム」という手段が頭の中でかなり色濃くなっていた。

ある日わたしは、包括支援センターのオウさんに、母を老人ホームに入居させたいという相談をしてみた。

すると当然ながら、「その辺りのことはこちらでは何ともアドバイスを差し上げられないのですが、どこか、お母さままでも入れるような比較的安価なところがあるか、一応調べてみますね」と言われて話は終わってしまった。この後オウさんから老人ホームについての話が出たことは一度もなかった。母については老人ホームの件以外にも、「年金支給から生活保護に切り替えられないか」とか、「精神病院を受診し、あからさまにおかしなところが見つかればそれで障害者手帳を貰えるのか」など様々な疑問を持ち、わたしはその都度調べたり、実際に問い合わせたりした。

このふたつに関してはどちらも答えは「NO」。まず、生活保護を受給するには、年金の額が規定より少しはみ出ているため叶わないらしい。そして、精神病院を受診したとて、診断結果は恐らく発達障害なため、それで手帳が支給されることもない。

わたしが心配していたのは、このセルフネグレクトによる虚弱体質と、度々（かからなくてもいいことでも）病院にかかることでかさむ医療費、今後年齢を重ねて老人特有の病気を患った時に更にかかる医療費だ。

悩めど悩めど答えなど出てこないため、なるべく健康に近いところにいてもらうようにするしかなかったが、思いとは裏腹に、本人が考えていたことと言えば、「どうやって毎回の生活費に色を付けて小銭を稼ぐか」だった。

この温度差で物事がうまくいくわけもなく、この頃わたしは常にイライラしていた。

ある時わたしはいつものように母のきょうだいに電話をし、保険のことや、老人ホームのことなどこの時考えていたことを話した。

すると、「保険に入っていないのは困ったわね。何かあってからでは遅いものね」と言い、何か考えているようだった。

少し経って母のきょうだいは、「毎月の年金から保険料を払うのが厳しいようなら、わたしが出すわ。毎年1年分まとめてリーに振り込むから、それで毎月あなたが支払っておいてくれる？」と言った。きょうだい愛なのだろうか。よくわからないけれど、それは最善の方法ではない気がしたため、わたしは断った。

母がこちらに越してくる直前、母のきょうだいは、母にお金を無心され続けながら「もうこのまま渡し続けてはダメだ」と気付き、催促の連絡がある度に、「お金は送れないけれど、お野菜やお米だったら送ってあげる」と母に言うようになっていた。

しかし母が欲しいのはお金だ。その全てを拒否していたらしい。そりゃあ台所にも立ったことがない70近い人間に、味噌や米など何の価値もない。

この日は母のきょうだいと、いつもより長電話をした。「一体母はどうしてこんなことになってしまったのだろう？　子供の頃の生活や出来事が何か関係しているのかな？」とわたしは言った。何か直接的な原因に結び付く出来事があったのであれば、それを知りたいと思ったんだ。すると「あなたのお母さんはね、きょうだいの中で一番甘やかされて育ったのよ。きょうだいの中で習い事もあの子だけいくつもさせてもらっていたし、家事だってあの子だけはいつも手伝わなくて良かったの」と言った。それが今の母を形成している一部分なのだろうか。

「あの子はね、お茶やお花や、そういえばお料理も習わせてもらっていたわ」とも言う。お茶やお花の腕前はなかなか日常生活で垣間見ることはないとして、料理を習っていたことには驚いた。一時でも習得していたことがあったのだろうか。

「あと趣味で絵も習っていたのよ」。わたしは母が絵を習いに行ったり、休日にグループ展をしていたことを思い出した。あの頃の母はよくベレー帽をかぶって出かけていた。子供ながらに、母がわたしをほったらかして仕事に趣味に忙しそうにしていることが嫌ではなかった。むしろ活き活きしている母がどこか誇らしかったことを覚えている。

これといった収穫のない長電話を終えたわたしはひとつ溜め息をついた。

だいぶ後になって、母の部屋でカンバスを見つけて、わたしは苦笑いをしながらこの日の長電話を思い出したんだ。母はどうやら絵も大して習得できなかったんだな、って。

8ヶ月半ぶりの入浴

ある日、母がまた突然オフィスにやってきた。外出時、いつも何が入っているのかわからない大きな袋を持っているのに、この日はポケットに手を入れて手ぶらでパーカーのフードをかぶり、気のせいかいつもより少し態度が大きかった。

オフィスには来ないでと何度も言っているのに聞く耳を持たず、時々こうしてお金が欲しい時は突然押しかけてきた。

母は「お風呂に入りたいの。わたし仕事をするから。隣の駅の銭湯に行く電車賃とお風呂代、お風呂上がりの牛乳代とで全部で1000円と、一度では汚れが落ちないだろうから2回分で2000円欲しいの」と言った。こちらは仕事をしているわけだし、そんなことを突然来て言われて「あ、そうですか」とそのお金を手渡すわけにもいかない。「仕事中だから帰ってくれ」と力強く言うと、あっさり諦めて家とは別の方向へ帰って行った。

数日後、生活費を渡すため母に会うとまた、「仕事をしたいの。でもこのままでは無理だから、本当にお風呂に入りたいの。お風呂代をください。お願いします」と母が言う。

この時最後にお風呂に入ってから8ヶ月半が経っていた。通常風邪で2〜3日お風呂に入れないだけでも気持ち悪くて、とにかくお風呂に入りたくなるものだと思う。8ヶ月半ともなるとその心境は想像がつかなかった。

そしてわたしは、ついに観念して風呂代を渡した。

数日後、また生活費を渡すために母と会った。何も身なりが変わっていなかった。

「お風呂入ってないの?」とわたしは訊ねた。

「初めての場所だから、色々電話で聞いてから行かないといけないし」と言う。銭湯に電話して何を聞くことがあるのだ。いよいよ風呂の入りかたを忘れてしまったのだろうか。

そのまた数日後も、変化はなかった。風呂代はまだ、残しているのだろうか。

「もうここまできたら一緒だと思うけど、1日でも早くお風呂に入った方が、銭湯にかかる迷惑の大きさが違うんじゃない」とわたしは言った。「明日こそ行くわ」と母は力強く宣言した。

この翌日、わたしは社会福祉協議会のサイさんから初めて電話をもらった。

「ここ最近お母さまに心を開いてもらうために、何度も何度もご自宅に通わせていただいていて、最初は玄関の扉を開けてもらうことも難しかったのですが、最近ようやく玄関の中まで入れてもらえるようになりました」とサイさんは嬉しそうにわたしに伝えた。

こうして実際の扉と心の扉を開かせることにたくさんの時間を使っていただけるのは有り難い話でしかなかった。するとサイさんは、「お母さまはお風呂に入りたいのに入れなくて我慢をしていると言っておられますが、リーさんはどうお考えですか？」と言った。

我慢……？　何の我慢だ。わたしは、母にアパートのお風呂に入ってほしいけれどそれが叶わず8ヶ月半が経ってしまい、仕方なく風呂代を渡したけれど、渡してから10日以上経っているのにまだ銭湯に行っていないことを伝えた。するとサイさんは、「今のこの疫病が流行るまでは、社会福祉協議会でお風呂の開放をしていたので、そこが使えたら良かったんですけどね」と言った。風呂まであるのには驚いた。

福祉機関は様々な事情を抱えた人が利用するため、このお風呂やフードバンク、場合によっては金銭の貸し出しなど、うまく付き合えば色々と助けになってくれるシステムがたくさん用意されている。ただ、そこに甘えっぱなしでいられるわけではない。やはり本人の自立する意識が最も必要かつ重要にはなるのも事実で、そうでない場合はその場凌ぎの場繋ぎのようなことになってしまう。弱者を支えるのは大切だけれど、その支えの使いかたを誤った弱者はますます弱っていってしまう。

数日後、待ち合わせ場所に珍しく母の姿が先にあった。世間は疫病の流行の拡大で、マスクが手放せない最中《さなか》だというのに、突然マスクを勢い良く外し、そのトーンが4段階ほど明るくなった顔面をわたしに晒しながら、「どう? きれいになったでしょう、わたし!」と自信満々の笑みを浮かべた。わたしは「そうだね」とだけ言い、早くマスクをつけるように促した。「まだ1回だから、また明日2回目のお風呂に行って、そこから面接よ」と母は言う。

母はあたかも大仕事をやり切ったような出立ちでいた。お風呂なんて1回や2回入ればあとは一生入らなくていいとかそういうものではないので、この2回の後どうしていくつもりなのか、わたしはそこがとても気掛かりで仕方なかった。

あればあるだけ使う病

母の金銭管理をしていたわたしは、毎月の光熱費に疑問を感じていた。ある月には、電気代2万6149円、ガス代1万3099円。

単身者の狭いワンルーム住まいでの金額として有り得ない額だ。電力会社とガス会社に問い合わせたが、間違いではなかった。電気代は、暖房をつけっぱなしにしていたのかもしれない。それにしても異常だけれど。

もっと異常なのがガス代で、料理もろくにせず風呂には一切入らない上、ガスストーブがあるわけでもない。ガスが漏れているのかとも疑ったが、そんなわけはなかった。電気もガスも、そこにあるから使い込む。これじゃあ銭湯の方が安上がりではないか。

わたしは完全に袋小路に迷い込んでいた。


この頃になると、母は小さな暴走を繰り返し、わたしはその都度大きな迷惑を被っていた。コンスタントにオフィスに突然やってきては、「300円ください」などと小銭を無心するようになっていたんだ。

ある時は、「疫病のワクチンを打ちに行くのだけれど、その後にお店に行きたいから300円ください」と言う。300円で行けるお店というのが何のお店なのかわからないし即座に断った。大抵はこのようなよくわからない理由だったけれど、ある時は違った。

「肉を焼きたいからフライパンが欲しいの。そのフライパンと同じサイズの蓋と、サラダ油もいるから2000円ください」と母は言ったんだ。

どこから出てきた金額なのかわからなかったけれど、「まともな生活をしてほしい」というわたしの思いが通じたのかと、仕事終わりにフライパンとその蓋、食用油とお肉を買って、母のアパートを訪ねた。

「フライパンとお肉、買ってきたよ!」。わたしは少し嬉しかったのか、声が弾んだ。

「わざわざ買ってきてくれたの?……ありがとう」。言葉とは裏腹に、母の目は少し曇っていた。結局この日わたしが買ったものが使われることは、最後までなかった。

「何か生活のために必要なものがあればいつでも言って」と、わたしは常に母に伝えていたけれど、普通の生活なんてしたことがない母としては、そもそも何が必要なのかわからなかったのだろう。今となればもう少し細かく考えてあげたら良かったとも思わなくもないが、この時のわたしには精神的な余裕がなかった。

ある休日、突然母が家に訪ねてきた。家から歩いて20分ほどの焼肉屋で清掃の仕事の面接を受けに行ってきた帰りだと言う。わたしは、「焼肉屋で清掃って、どれだけ汚い焼肉屋なんだ」と思ったけれど、何も言わずに話を聞いた。

「調理や接客は一切なくて、清掃だけでいいですよって言ってもらえたの。優しい店長さんでね。今日の夜9時までに合格ならお電話しますって言っていたから、リーの携帯電話の番号をおしえてあるの。9時まで待たせてね」と言って、うちに上がり椅子に腰掛けた。この時、時間は夕方の6時だった。

携帯電話を持っていないため連絡先がないのは仕方ないが、面接の度にわたしの電話番号を伝えるのか？　そもそも携帯電話を持っていない人間を雇う会社はあるのだろうか。色々考えながら、わたしたちは9時が来るのを待った。

「おいしそうな匂いのするお店だったわ。最初のお給料で焼肉ご馳走してあげるからね」と母は言った。部屋の掃除もできない人に、お店の掃除ができるのだろうか……というわたしの心配をよそに、母はソワソワしていた。

この時の母の口調から察するに、久しぶりに働くことへの意気込みより、貰った給料を何に使うかで頭がいっぱいのようだった。

9時15分。鳴らない電話を諦めて、母は肩を落としてわたしの家を後にした。

弁護士への相談事

自分の生活をしながら、親とは言え他人の生活まで面倒をみつつ、その他人が蒔いたいらない種から出た芽まで摘《つ》んでいくのは、なかなか大変だった。日々何かしらの電話連絡をしなければならず、携帯電話の料金は以前の2倍から2・5倍に膨れ上がっていた。

こうした中で、やはり引っかかっていた大きな問題のひとつ、母の以前住んでいたアパートの大家さんへの100万円の支払い。わたしは古くからの友人で弁護士をしているバンさんに相談してみることにした。

相談を重ねる過程で、「リーさんは連帯保証人ではないけど、お母さんに支払能力がないため、その家族が支払うことになるのは通常の流れ」「例えばこれを裁判にして争ったとしても、勝ち目は極めて低いし、裁判費用と、結局負けてしまった時のことを考えるとその負担は大きなものになる」「これを加味して、100万円を支払ってもうこの話を終えることが一番の方法だと思う」ということにまとまった。「先に支払ってしまって、あとはお母さんの年金から少しずつ返してもらうことだね」とも言われた。

確かに前大家さんといつまでも繋がりを持つのは不毛でしかない。勝手かもしれないが、また母のきょうだいに相談してみることにした。

母のきょうだいは以前、「わたしにも責任がある」と言ったが、わたし自身は「わたしにも責任がある」なんて微塵も思わなかったし、思いたくもなかった。

電話をかけてこの話をすると、「わかったわ。ではその大家さんの振込先をおしえてちょうだい。わたしがすぐに振り込みます」とほぼふたつ返事で返ってきた。

さすがに全額負担してもらうのも違うと思い、弁護士に相談していることを告げ、一度そちらと相談してから再度連絡をすると言って電話を切り、すぐバンさんに電話をかけた。

するとバンさんは、「まずその前の家の賃借人契約書を送ってもらって。保管していると思うから。その間にわたしは双方で交わしてほしい書類を作成し、出来次第送るので、目を通してサインをして、前大家さんにもサインしてもらってください」と言った。わたしは前大家さんに電話をし、100万円を支払う旨を伝え、それにあたり契約書を送付してもらうこと、後日書類がいくことを伝えた。

こうして文字が羅列しているのを見ると、スムーズで簡単なことのように思うが、わたしは疲れ切っていた。これが家族としてしなければならないことなのか？　ひとつひとつ、確実にわたしの神経は、深く、深く、すり減っていた。

数日後、前大家さんから契約書が届き、翌日にはバンさんからの書類が届いた。書類は「合意書」だった。

要はこの100万円を支払い、受け取ったところでわたしたちの関係は一切終わることを書面で残しておくための証明書だ。これでもう増額の提案からも逃れられる。


わたしの話を聞いた母のきょうだいの声は、少しホッとしていた。そして、「ではリーにお金を振り込むわね」と言う。

母のきょうだいが全額支払い、身を削るというのは、わたしはおかしなことだと思っていた。しかし、「リーにとってあの子が家族なのと同じように、わたしにとってもあの子は家族だから、わたしにも責任があるんだ」と言って、わたしに負担をかけまいとする。長い押し問答の末、母のきょうだいが全額支払ってくれることになった。

数日後、わたしの自宅に前大家さんから書類が返送されてきた。間もなく訪れようとしているこの件の終わりに、わたしの心は前のめりになった。記入漏れがないかを確認し、念のため弁護士のバンさんに書類をメールで送り、GOサインを待つ。待ち望んでいたGOサインはすぐに出た。会社を抜け出し、駆け足で母のきょうだいから振り込まれていた100万円を引き出すと、それを前大家さんの口座に振り込み、すぐさまメールで連絡をした。程なくして来た返信には、「リーさんのご協力のお陰でお支払いいただけて感謝しております。ありがとうございました」とあった。わたしは色々思うところはあったものの、今はそんなことはどうでもいいと振り払い、改めてこの一件を深く詫び、さようならを言った。

最後に先方から、

「ご丁寧にありがとうございます。同じようにこどもを持つ身として、わたしもこどもに迷惑をかけないようにしなくてはと思いました。リーさんも決してお母様の事でご自分の人生を犠牲になさらないでくださいね。幸せを祈っています！」〔原文ママ〕

と送られてきて、顔も知らないわたしたちの長くて短いやり取りは終わった。

次に母のきょうだいに電話をした。そして、母のきょうだいのおかげでこの件が終わったことに深く御礼を言った。

電話を切ると、母のきょうだいには申し訳ないが、清々しい気持ちに見舞われていた。これでもう、あのどこの誰だか知らない人から連絡が来ることはないんだ！

普段見慣れている風景が、いつもよりきれいに見えた。少し駆け足をして思いっきり空気を吸い込み、それを吸った分だけ吐き出した。

有意義な話し合いは存在するのか

　秋も深まりかけたある日、母のきょうだいが、「包括支援センターのオウさんと、社会福祉協議会のサイさんと今後どうしていくか話し合いましょう」と言った。

　わたしは早速オウさんに連絡を取り相談をしてみると、すぐに日程を調整してくれた。正直なところ、集まって何を話すのかがよくわかっていなかったが、そんなある日、オウさんから電話があった。

「5人でお話をするわけですが、4（わたし、母のきょうだい、オウさん、サイさん）対1（母）になってしまっては話し合いが成立しないので、3（わたし、母のきょうだい、オウさん）対2（母、サイさん）になって、サイさんにはお母さま側の意見を述べてもらうことになりました」と言った。

　確かに全員で誰かひとりを攻撃するのでは、話し合いという構図が成立しない。とは言え、間違った方の肩を持ち、話を進めていくことが正しいとも思えなかった。しかしここでこちら側の意見を主張したところで、話し合いが始まる前段階での対立に一切の必要性を感じなかったことと、この道のプロフェッショナルがそう言うのだから、一度その形で話し合ってみるべきか……と、当日はその体制をとることになった。母のきょうだいはこの日、この話し合いのために遠路はるばるやってくる。有り難いと思わなくてはいけないのに、疲れ切っていたわたしは、とても面倒だと思っていた。

包括支援センターでの話し合いの当日。母のきょうだいは前回のように片道5時間半かけてこちらにやってきた。到着するなり「まずあの子〈母〉の部屋の様子を見に行きましょう」と言うので、ふたりで母のアパートへと向かった。わたしたちは割とこまめに連絡を取り合っていたため、取り立てて話すようなこともなく、とりとめのない世間話をしながらアパートへと歩く。

わたしはふいに、「今日で何が変わるわけでもないよね」と言った。母のきょうだいは、「そうだね、だけど一度皆で顔を合わせて話をすることに意味があるから、それでいいじゃない」と言った。

わたしと母のきょうだいは母の部屋にあがり、まるで粗探しをするかのように部屋中を見て回る。母のきょうだいがおもむろに、「これ、お土産だから」と言って、野菜や果物を大きなキャリーバッグから取り出した。母はそれを、「ありがとう」と言って受け取った。母はみかんやバナナのように、皮を剝いてすぐに食べられるような果物は喜んで食べるが、りんごや柿などひと手間かかるものとは日頃から距離を置いていた（皮を剝いてあげれば喜んで食べる）。恐らくこの日貰ったこれらも、そのうち干からびて萎むか、カビでも生えてゴミになってしまうのだろうな、と冷蔵庫の上に無造作に置かれたそれを横目で見ながらわたしは思った。

狭いアパートで時間を持て余してしまったわたしたちは、少し早いけれど包括支援センターに向かうことにした。

母は杖をついて歩き、母のきょうだいはその隣で色々話している。わたしはひとりで先を歩いた。ふたりは楽しそうに会話が弾んでいた。15分ほどで到着する距離を、3倍ほどの時間をかけて移動した。

包括支援センターでは、母のきょうだいはオウさんもサイさんもこの時が初対面、わたしもサイさんに会うのは初めてだったので、まず自己紹介をしあった。

ようやく本題へ。オウさんに母の現状をかいつまんで話してもらう。バツが悪そうに母は遠くを見ながら何やら独り言を言っている。すると母のきょうだいが、これまで何度、どのような理由でいくらのお金を母に渡したかを時系列順に話し始めた。ますますバツの悪そうな母は、突然椅子から立ち上がって、どういうわけか出口の方へ歩いて行き、扉を開けて外に出て行ってしまった。追いかけて連れ戻すと母は、「外が気になって」と言った。中断しながらも、母のきょうだいは金銭問題について話し切った。

すると母が、「もうその時は仕方なかったの。でもこれから働いて、少しずつでも返していこうと思っているから待っていてほしいの」と言った。

その場の全員の表情が、苦笑いに変わった。母は続けて、「本当なのよ、わたしは今、とてもやる気があるの。もう、このままの生活ではダメだから、これからは仕事も選ばないし、あなた〔母のきょうだい〕にもたくさん迷惑をかけたからきちんと返していきたいの。そのために仕事をしたいのよ！」と強く言った。

「そんなにあなたのきょうだいにお金を返したい一心で働くのなら、仕事が決まったらその給料の振込先を、あなたのきょうだいの口座に指定したら？」

するとと母はわたしの話にかぶせて、「それは嫌よ」と言った。

全員の顔が苦笑いから呆れ顔になる。わかりきっていたけれど、お金を返す気なんてない。

すると次にサイさんが口を開いた。

「リーさんのお母さまはわたしがアパートに訪ねて行くと、いつもニコニコとお話をしてくれ、わたしがおしえた部屋でもできる体操を毎日のように実践してくれ、体に気を遣えるようになってきていますし、筋力を付けてもっと健康になって仕事を始めようと頑張ってくれていますよ」と言った。

事前に打ち合わせていた〈3対2〉の構図がそこにはあった。続けてサイさんが言う。

「リーさんのお母さまは恐らく発達障害です。わたしたちは例えば物事が1から10まであったとして、ひとつひとつこなしていく中で、1をしながら2や3など、先のことやそのまわりのことなどを考えることができますが、彼女はそれができません。1をこなす時は1だけに集中し、2をこなす時ももちろん2だけ。それ故に今現在のことしか考えられず、他人に迷惑をかけてしまうのです。治るとか治らないではなく、彼女の特性なので、それを踏まえた上でサポートしていかなければならないのです」

サイさんは、精神保健福祉士。恐らくこれまでにも似たようなケースの人とたくさん接してきた中で、こう結論づけたのだろう。

「わたしは一度精神科を受診することをお勧めします」とサイさんは続けた。治る治らないの問題でもないことの確認のために精神科を受診なんて、本当に必要なのだろうか。

ふいにサイさんが思い出したようにこう言った。「疫病の流行が落ち着いてきているので、もうすぐ社会福祉協議会でお風呂の開放が再開されます。交通費はかかりますが、自宅で入りたくないのであれば、そこでお風呂に入るのはどうですか?」

母は、「無料で入れるの? それはいいわね。リー、交通費をお願いね」と言った。

もう正直、高額なお風呂でなければ何でもいいからとにかく風呂に入ってほしいと願っていたわたしは、それに賛成した。

長い長い時間が過ぎていった。実際は1時間半ほどだったが、とても長く感じた。予想通り、何がどうなることもなかった。皆で話し合っている場から突然逃げ出そうとした、さながら多動症のような母の新たな一面を知るに終わってしまった。

太陽が、夕方の色をしてその役目を間もなく終えようとしていた。

別の日にわたしは、わたしが幼い時に母と離婚した父と、この件で連絡を取っていた。わたしはくたびれて弱音を吐く。「どこを取ってもいいところがなくて、付き合いきれないよ……」。

こんなことを愚痴りながらも、頭の中では今月残りのお金で何をどうするか、などと無意識に母の生活のことを考えていた。そんなことも知らない父は、「そんなこと言わないで。あれでもリーのたった1人のお母さんでしょう。大事にしてあげないと」と言った。

わかったようなことを言われてカチンときたわたしは、「あなたはいいよね、嫌だと思えば離婚ができて。わたしは、そのあなたが嫌だと思ったところも、あの人の子供だからという理由で突き離さずに付き合い続けなくてはならないの？　全くおかしな話だね」と一方的に電話を切り、湿っぽい気分でテーブルに突っ伏した。母を、わたしを、知っている人にこそ話を聞いてほしかったはずが、「リーは大変だね、頑張りすぎない程度に頑張ってね」だとか「リーならできるよ」だとか、まるでわたしだけが頑張って当然だと押し付けるようなことばかり言う。わたしはその言葉に押し潰されかけていた。

Column 3

よっぽど福祉

困った母と関わったことにより、福祉について考えることが多くなった。

これまでわたしは福祉についてそこまで考えることもなく、ただぼんやりと、人助けや介護といったイメージを持っているだけだった。

福祉とは何をもって福祉というのか、一体どこまで手を差し伸べたら福祉なのか、その仕事に従事していればそれで福祉なのか、そもそも人は他者にどこまで何を求めているのか、そして人はそれにどこまで応えられるのか。

考えながらふと身の回りを見て気付いたことがあった。

例えば。

この本を読み、思い浮かんだ近しい人に対して何かしらの行動を起こそうとしているあなた。わたしと共に〈オルタナティブ福祉〉座談会をしているメンバー、参加者の皆様。そしてその座談会をインターネットの記事にアップしてくださった編集者さん、記事を書いてくださったライターさん。

彼らは職業こそ違えど、直接的に他者への体や精神の介助をする頻度も違えど、しかし日々暮らしの中で暮らしにくさを感じている人たちと自分たちの関わり方を考え、それを実践し、決して誰かに押し付けるわけでもなく、ごくごく自然なこととして捉えながら生活しているように思う。

挙げ始めるときりがないぐらいわたしのまわりにいる方々は、わたしが当初ぼんやりと思い描いていた福祉と比べてよっぽど福祉だったんだ。

そして皆さんと関わったことにより、福祉というものは案外そこら中に存在していることを知ることとなった。

福祉というのは、人と人、心と心から生まれる物事なのだと思う。そりゃあそんな単純なものじゃないよと言われてしまえばそれまでなのだけど。

今まさに起こっている問題の解決に向けて動いている所謂福祉事業は、もちろん悩んでいる人々にとって必要不可欠なことであり、且《か》つとても重要だ。孤立し、誰にも相談ができないという状況をどうにか打破するため、日々行政の方々も奮闘されている。

一方で恥ずかしがらず、隠さず、抱え込まずに話ができ、それを面倒がらず、億劫がらず、聞き入れてくれる社会や地域や暮らしがあれば……。

これは本編にも登場する「小さな喫茶店」に通い、本当に強く思ったんだ。もちろんこれまでにも顔なじみになったお店は数あれど、このお店の人々の距離感は本当に安心できるものだった。

近すぎないけれど全く遠くない距離で皆が話を聞いてくれ、「実はわたしも……」といった話が出てきて皆で皆を理解し合う時間。そこには同情や哀れみは存在せず、個々が個々の話を自分のことのように喜び、悲しみ、怒る。

職業も年齢も性別もバラバラながら、皆が皆を思い、話に話を重ね合う。もちろん稀にいい加減なことを言う者や意見の合わない者もいるが、それもとことん話し合い、最後は多数決ではなく、その個人が辿り着くべき答えが出るまで皆が背中を押す。そこから答えの場所まで辿り着けるかはその本人次第だから。

日々この空気を感じながら、これが町全体でこうなら……などとよく考えたものだ。

もちろん町単位でこうなる過程には、様々な問題や、場合によってはトラブルも起こることが想像できるけれど、それらを恐れず、物事を他人事だと距離を置かず、それが自分の身に起こって初めて慌てて取り乱すことのないよう、思いのひとつひとつが日常的に人々の暮らしに溶け込めばいいなと思う。

よっぽど福祉。

わたしのこの所謂「恥部の公開」も、よっぽど福祉だと思っている。わたしが曝《さら》け出したことにより、ひとりでも多くの人が曝け出しやすくなればいいなと思うから。

悩みなんていうものは人それぞれ大なり小なり抱えているものなのだから、それを交換し合い、まずは「悩みを抱え込んでいるという悩み」から自分を解放していこうじゃないか。

第4章

真っ当に生きることは、かくも難しい

変わらない日々、変わらざるをえない自分

社会福祉協議会の精神保健福祉士、サイさんからの電話が鳴った。

「以前お話しした発達障害についてですが、心療内科か精神科で心理士のいる病院に行って、一度心理テストを受けてみてください。詳しいことがわかりますよ」

そう言って近場の病院をおしえてくれた。わたしは、母の数々の奇行の原因がはっきりすることで迷惑を被《こうむ》った方々が理解してくれ、母自身もそれを受け入れて少しでも生きやすくなればいいなと思っていた。その反面、それを知ったところで何になるのだとも思っていた。もしかすると一番にわたし自身がそれを受け入れて、色々なことに目を瞑《つむ》ったり、これまで以上にしなければならないことが増えてしまうのがこわかったのかもしれない。しかし何事もまずやってみなければわからない、とサイさんからおしえられた病院に電話をかけてみた。

一件目

「その年齢の方の心理テストは当院では行っておりません」

二件目

「予約が最速で半年後の○月○日となりますが、こちらでお取りしてよろしいでしょうか？」

三件目

「その年齢の方の場合当院では通院という形はとっておらず、２週間の入院が義務づけられております。入院生活の中で心理テストを行い、費用としましては２週間で大体30万円ほどと、別途お部屋代となります」

どれもこれも無理な話だった。

わたしはサイさんに、おしえてもらった病院が全滅だったことを伝えた。サイさんは残念そうな声で、「また調べてお知らせいたします」と言った。ひとりで地域の老人たちを抱え、忙しいサイさんからその後この件で連絡が来ることはなかった。

わたしはこの頃から、地域の福祉の構造に興味と疑問を持っていた。完全なキャパオーバーを感じさせるこれは一体何なのだろう、と。これでは例えば、自分の受け持つ通り沿いに暮らすたくさんの路上生活者に、その通りを通った時だけ１００円ずつ渡し、「良い生活をしましょうね」と言っているようなものだ。自立までの道のりは程遠いし、結局次いつ来るかわからないその人の手から渡される１００円を希望に生きてしまい、根本は何も変わらず、問題は未解決のまま宙ぶらりんの状態が永遠に続くだけではないか。

結局、包括支援センターの社会福祉士のユーさんが離れて以降、状況の把握こそしてくれるものの、曖昧な返事でやり過ごされている。真剣に母のことを考えて動けるのはわたしだけだった。

この時わたしは、今のこの経験を無駄にすることなくどこかで役立てられるか、いやらしい話だけど何らかの形でお金にかえたいと思うようになっていた。そしてひとまず近所の書店に行き、精神保健福祉士の資格取得のための参考書を手に取ってレジへと向かった。

わたしは別に、精神保健福祉士の資格が欲しかったわけではなく、人は精神を患うことによりどのようなことが起き、どう対処することが一般的に良しとされているのかを知りたかったし、知っておくべきだと思ったからだ。

この思いが芽生えてからのわたしは、参考書を読み耽《ふけ》っては、実践と称して母と接するようになった。

「こんな身近に問題を抱えた人がいるなんて、とても良い経験になるじゃない！」と、どうにか自分の頭の中で日々がプラスに作用する方向に考えるようになった。

そして母は入院した

ある平日のお昼過ぎ、わたしの携帯電話が鳴る。知らない電話番号からだ。……嫌な予感が脳裏をかすめる中、電話に出た。

「○○医大付属病院救急外来です。お母さまがこちらで緊急入院されることになりましたのでご家族の方に一度お越しいただきたいのですが」

動揺しながらも、今は仕事中なので行けないことを伝え、母に何があったのかを訊ねた。相手は「まだ検査中のため何もお伝えできないのですが、恐らく外科での入院となります」と言った。

状況がよくわからなかったが、何か持って行かなくてはいけないものがあるかを訊ねると、「何もいりません。そのままお越しください」と相手は言った。

着替えすらいらないのか？　それとも今時はレンタルとかそういうシステムがあるのだろうか？　あるいはすぐに帰れるのだろうか。わけがわからないのと、「緊急入院」という言葉の強さに引っ張られながら、わたしは残りの仕事を終えた。

仕事終わり。わたしは緊急外来の入口で手続きを済ませ、中に入った。

母のところまで案内をしてくれた看護師に、母はどこが悪いんでしょうか？と訊ねると、「詳しくは主治医からお話がありますので……」とだけ言う。

昼の一報から容体がとにかく気になっていた。もしかして大病でも患っているのではないか……。仕切りのない処置室で、母の姿を確認した。母はベッドの上に寝ているというより、転がっていた。

「どうしたの？　大丈夫？」と声をかけると、「お腹が痛くてね、ごめんね、仕事もあるのに」と言った。慌ただしく看護師や医師が走り回る救急病棟の中で、転がる母と座って主治医を待つわたしだけが止まっていた。

しばらくして看護師が来た。「容体についてはこの後主治医から説明がありますが、今回入院されるにあたり、必要な書類にご記入願います」。乾いた表情の看護師は束になった紙をわたしに差し出しながら、続けてこう言った。「1週間ほどの入院を予定しておりますので、お着替えや石鹸類など必要なものを今日中に届けていただけますか?」

は??

「昼間にお電話いただいた際に必要なものを確認したら、何もいらないと言われたのですが……」とわたしは呆れ半分で言う。無表情のその人は、「それは一度入院のお申し込みをしに来ていただいてからのお話ですので」と言い放った。

わたしは入院の手引きのような、何枚にも連なった用紙を流し読みし、項目毎に出てくる署名欄にサインをした。果たしてこれは何のための入院なのだろう。時刻は21時だった。病院から電話を貰ってからおよそ9時間。未だ告げられぬ容体と病名。不機嫌にサインをしているわたしの元に、ようやく主治医と名乗る医者がやってきた。

「お母さまの主治医です、どうも」。白衣を着崩したようなどこか今風のその主治医は、わたしの目も見ず、カルテと宙を交互に見ながら母の症状を淡々と告げた。

「お母さまはこの3週間便をされていないことによる腸閉塞の疑いでの入院となります。便を溜めすぎたことによりお腹の中で古い便が固まってしまい、それによってお腹が張り、食べ物を入れても吐き戻してしまう状態にまでなっております。今回の入院で便が出るまで毎日下剤を投与し、当面栄養は点滴で。便が出てから食事を摂ってそれから検査ということになりますのでお願いします」

9時間待たされた母の入院原因は、糞詰まりだった。糞詰まりのための入院を控えベッドで転がる母を尻目に、わたしはこれから母の部屋に着替えや何やらを取りに行かねばならないのだった。時刻は22時をまわっていた。

母をおまえと言った夜

病院を後にし、着替えやその他生活用品を取りに行くため母のアパートへと向かった。

郵便受けに目をやると、郵便物が溜まっている。やれやれ……とポストを開けると、広告や公共料金の請求書にまぎれて携帯電話会社からの督促状が複数混ざっていた。

母は携帯電話を持っていないはず……と思いながらその場で封を開けた。母はわたしに内緒で、4ヶ月前から携帯電話を契約していた。

その郵便物には、契約時から一度も料金を払っていないことが書かれた紙と、払込用紙、督促の言葉が並んだ用紙が入っていた。頭に血がのぼるというのはこういうことか。瞬時にイライラがピークに達し、早足でアパートの階段を駆け上がった。

玄関入ってすぐの、テーブル代わりにしているらしい小さな段ボールの上に2台の携帯電話が並んでいた。わたしは自分の携帯電話から、督促状に記載されている番号に電話をかけてみた。段ボールの上の携帯電話が振動している。

わたしは母の入院する病院に、着替えの場所を母に聞きたいと電話をかけた。電話口に出てきた母は、開口一番「あまり部屋の中を色々見ないでちょうだい」と言った。看護師という他人が去り、ふたりきりになった瞬間、わたしの中の感情が、深く大きく爆発した。

「それよりおまえ、携帯電話を契約してるじゃない。これはどういうこと？　なぜおまえはそんな勝手なことばかりするんだ！」。わたしは声を張り上げた。

すると母は、「仕事をするために必要だったのよ。見ないでちょうだい！」と言う。とにかくすぐに解約しなければならない。それ以上にここ最近また誰かに金の無心の連絡を入れている恐れがあったため、中身をチェックしなければならないと思った。

わたしは携帯電話のパスコードを聞き出すため、「ポストに督促状がたくさん入っていて、このまま放っておくわけにいかないんだ。契約している携帯電話から至急電話をかけるよう書かれた封書が来ているから、パスコードをおしえて？」とよくわからない嘘をついた。

母は、「嫌よ、今から病院に携帯電話を持ってきて？　そうしたら明日自分でするわ」と言うので「明日ではもう間に合わないから」と言った。すると母は意外にも折れるのが早く、「3679」とパスコードを吐いた。その場でパスコードを入れると、ロックはあっさり解除された。

わたしは、「明日の日中に着替えや生活用品を買ってから届けるので今日はもう行けないと看護師さんに伝えて」と言ってさっさと電話を切った。夜も遅かったが会社に連絡をして翌日は休みをもらった。ひとまず家に帰り、改めて母の携帯電話の中に不審なやり取りがないかを探した。

不審なやり取りはすぐに見つかった。どこのどなたか存じ上げないその相手とのメールは、およそ2ヶ月にわたって繰り広げられていた。

「ご無沙汰しております、お元気ですか?」という母から始まったそのやり取りは時間が経つに連れ、「娘さんは今おいくつですか?」「娘さんやお孫さんは今どこで暮らしているのですか?」など、かなり深いところまで入り込んだ会話が繰り広げられていた。

メールのやり取りがはじまってからひと月半後、「娘さんとお母様宛に、昔お好きだと伺ったお菓子を送りたいのですが、住所をおしえてもらえませんか?」といった内容が相手に送られていた。相手は恐縮したような文面で、「お気持ちだけで結構です」と断りを入れていた。

するとここで母から「わたしは今、子供に呼ばれ、長らく住んだ町を離れ都会に来ています。仕事を探しており、あともう一歩のところまで来ているのですが、就職活動にもお金がかかり困っています。近いうちに仕事が決まりそうですので、最初のお給料ですぐにお返しします。3万円貸していただけませんでしょうか?」と書いたメールが送られていた。

どんな変化球だ。

相手も突然、予想だにしない方向から投げつけられた気持ちの悪い球をくらい、何とも言えない感情でいっぱいになったに違いない。しかも娘さんがどこで仕事をしているか、更にお孫さんの名前や年齢、住んでいる場所までおしえてしまっているものだから、こわくなったのだろう。

「3万円は振り込みますので、もう二度と連絡をしないでください」という返信が、やり取りの最後に残されていた。

母はこの相手との関係を、たった3万円で断ち切ってしまった自覚はあるのだろうか。

疲労感が増したわたしを、強烈な睡魔が襲った。

母の入院生活

翌日、何とも胸につかえる気持ちを引きずりながら、母の入院の準備をした。通常、パジャマやその他日用品は家から持参するのだろうが、まともな日常生活を送っていない母の家には何もなく、着替えや生活用品の全てを買い揃えることになった。

母はこだわりが強く、立場もわきまえず偉そうにすることが度々あった。

今回も「持ってきてくれる服はサイズが大きいと困るから。大きかったら着ないわよ」と前日の電話で告げられていた。どうでもいいと思う反面、入院生活を少しでもストレスなく過ごし、1日でも早く退院してほしいと思っていたことも事実で、わたしは慎重にパジャマや着替えを選んだ。母はこの時、身長150センチと少し、体重は30キロ台だった。

考えた結果、子供服がサイズ的に丁度いいという判断で、衣類や下着は全て安価な子供服を取り扱うお店で揃えることにした。次いでシャンプーや石鹼、洗濯洗剤や歯磨きなどをドラッグストアで購入し、公共の交通を使うことを躊躇《ため》らうほどの大荷物でわたしは母の入院する病院へと向かった。

季節は冬。しかし大荷物を持ってなかなかの距離を歩いたため、病院に着いた頃には少し汗ばんでいた。

ナースステーションで名前を告げると待合室で待つように言われた。未だ疫病が猛威を振るっていたこの時、病院で患者との面会は不可能だった。

どのぐらい待っただろう。優しそうな雰囲気の担当の看護師さんがわたしの元へとやってきて、「お着替えなどありがとうございます。あの……ご本人からの伝言で、繋がっていない方の携帯電話をメモに使用しているので、それと充電器、あと玄関の近くのビニール袋を持ってきてほしいとのことなのですが……」と申し訳なさそうに言った。

わたしは「それは無視していただいて結構です」と言った。すると看護師さんは、「入院は大体1週間から2週間ほどを予定していますので、2、3日に一度着替えをお持ちいただけますか?」と言う。仕事や体力的なことを考えると無理だったため、わたしが返事を渋っていると、「では院内のコインランドリーでお洗濯するかたちでよろしいですか？」と言ってくれた。わたしはそれをお願いし、コインランドリーを使う際に必要なテレビカードを購入して看護師さんに渡した。そして看護師さんに、母は甘やかすとつけ上がるので甘やかさないでほしいこと、あれこれワガママを言ってきても聞き流してほしいことを伝えた。このやり取りをしていると別の看護師さんが、「リーさん！　お母さまが検査室から戻って来られたから今なら遠目に会えるわよ！」とわざわざ走って呼びにきてくれた。

わたしは別に、母に会いたいなどと考えていなかったので少し戸惑ったが、せっかくのご厚意を無下にするのも申し訳なく、精一杯の作り笑いをこさえて立ち上がった。それと同時に別の看護師さんを従え、点滴の管を腕に絡み付けた母がゆっくりとした足取りで歩いてきた。

わたしの存在を確認した母は、さながらどこかの大統領か外交官が空港で記者に挨拶するかのごとくスッと右手を挙げ、頷きながら自分の病室へと入って行った。

待ってもないのに得意げに去って行った母に、何とも後味が悪くなったわたしは、看護師さんに挨拶をしてさっさと病院を後にした。

それは、終わりの始まり

母の容体は横ばいの状況が続いていた。なにせ、3週間排便をせず過ごしていたことで、古い便が腸に固まりついてしまっているのだ。その古い便をまず投薬で柔らかくし、排泄させ、腸の機能を取り戻すというこの入院。ただただ時間が過ぎ、そこに入院費が加算されていくだけだった。

世間では疫病の影響で医療がひっ迫し、病床数も足りていないと繰り返し報道されていたため、わたしは一刻も早く母を退院させたかった。

ある日の電話は、病院の事務の方からだった。聞けば入院が少し長引くため、予め高額医療費の申請をしに市役所に行った方が良いとのことだった。わたしはすぐに申請の仕方を聞き、空いた時間に市役所へと向かった。申請は、驚くほど簡単に終わった。これで入院費用がかなり抑えられるとのことだった。

翌日から、わたしは仕事で数日地方に行くことになっていた。看護師さんにも母にもそれを伝えた上で、目的地へと出向いた。

着いた日の夜、早速病院から着信があった。眉間にシワを寄せながら電話に出ると、「リー、今すぐオムツ持ってきてくれない？」と母が言う。何なんだその要望は。

カチンときながら行けないことを伝えると、「座薬が効いてきて、いつ便が出るかわからない状態なの。どうしてもすぐにオムツがいるのよ。早く！　今すぐ持ってきてちょうだい」と、電話口の声は、まるでそれが当然かのように言った。このまま母と話していても埒があかないので、看護師さんに電話を代わってもらい、必要ならば病院でストックしているオムツを使わせてもらって、料金は後で支払うことを伝えた。

電話を切ったわたしは、またしても登場したオムツに不安を覚えた。毎日毎日ベッドに寝そべり、身の回りのことを看護師さんにしてもらい、挙げ句オムツまで使い出し、果たして退院した後まともな生活なんて送れるのだろうか。

地方での仕事を終えるまでの数日、ひどい時には5分おきにくだらない電話は鳴り続け、うんざりする日々を過ごした。もうすぐ年末。どこか浮かれた街の雰囲気とわたしの心は逆を行っていた。しかし暗い気持ちでいても状況が良くなるわけではない。病室に閉じ籠った母に、せめて新しい年は自宅で迎えてほしいと思っていた。だって病院で新年を迎えるなんて、先が思いやられる上、ちょっと縁起でもないしね、と真剣に考えていた。

もう終わりが始まっていることも知らずに。

人生最後の年の幕開け

母のきょうだいから、畑で採れたという野菜が大量に届いた。この頃のわたしは、最高潮にひねくれていて、これを所謂善意の押し売りだと受け取っていた。

相変わらず母は入院していた。このままいくと、「新年は詰まった便と病床で」が確定だ。退院時期についてはもうあまり考えないようにしていた。

入院生活に慣れ切った母の面倒を退院後、自分自身の生活と並行してみることは困難に思えた。予め包括支援センターに介護保険を使うことを連絡していたが、これは本人が首を縦に振らなければ始まらない。母は相変わらず「嫌よ、そんなものを利用するなんて」などと言っていたが、説得を続けた。

介護保険も1年毎の更新だし、必ずしも一生お世話になるわけではない。本人がその気になって健康に近付ければ、介護保険ははずされる。要は自分自身なのだから。

わたしはこうして母と密に関わり合いながら、色々と思ったことがあった。

人は自分自身を受け入れることが最大の困難で、しかしそこが最大のゴールへの近道なのだと思う。そりゃあ誰しもいつまでも若くて何でもできるつもりでいるが、実際そうもいかないし、色々と問題が出てきて当然だと思うんだ。しかしそれを受け入れず、後回しにしたり、誰かのせいにしたり、放っておくことで、わたしの母のような状況が起こってしまう。これは今回大変勉強になった。皆頭ではわかっているつもりだろう。しかし実際身近な家族に降り掛かるとまた話は別なんだ。

年が明けて、退院したら早速介護保険を利用するにあたり、ケアマネージャー、訪問看護師、訪問介護士と集まり、それぞれと契約することになった。そして、色んなプランを皆で練り、母は元気に、徐々にもとの状態に戻っていく予定だったんだ。

新しい年が来たある日、包括支援センターのオウさんからの電話が鳴った。母の便がようやく出て、大腸検査ができたので、結果次第で退院できるそうだ。しかし、病院側が提携している介護サービスを受け入れないと母を退院させることはできないらしい。

そのため、退院前に病院で主治医とオウさん、オウさんの紹介のケアマネージャーと母とわたしで退院後の生活について話し合うことになり、次の休みはこれで潰れることが決定した。わたしの手帳は、母に関する予定や、母のことでしなくてはならないことで真っ黒になっていった。

翌日。仕事終わりに精神保健福祉士をしている友人と会った。

彼女は第一線で働きながらも、その現状に満足することなく、ひとりひとり関わる人たちと真剣に向き合っていた。そして何よりも仕事をひとつひとつ楽しんでいた。

わたしたちは小さな酒場に入り、自然と母の話をしていた。借金、ゴミ屋敷、セルフネグレクトの問題。わたしは、まだ誰にも話していなかったことを友人に話し始めた。

実は母をこちらに呼び寄せた理由のひとつとして、わたしに子供ができた時、母が近くにいて時々面倒を見てもらえたらと思っていた。

しかし、以前これを母に伝えたところ、「わたしは子供なんて無理よ。興味もないし面倒を見る気もないし、大体わたしは忙しいのよ。それと、リーの家には幽霊がいるからあまり行きたくないし」と、絶望的な発言をし、挙げ句幽霊まで出してきて拒絶をした。

友人は、信頼のおける表情をわたしに向けながら、「うん、うん」と聞いてくれた。彼女の、どこか社会福祉士のユーさんに通ずる、仕事だと割り切らずに人生ごと人と向き合っている姿勢を心から尊敬した。

色々と聞いてもらったわたしは、昨日より元気だった。この日は数年ぶりの大雪の日で、都会の街並みは真っ白になっていた。母も病室からこの雪を見ているのだろうか。白い息を吐きながら、ぼんやりと考えた。

自由のその先

母の退院後の生活に向けた話し合いが病院で行われた。

参加者は主治医、ケアマネージャー、オウさん、母、わたし、病院の事務員と看護師の計7人。この日初めて会ったケアマネージャーは、人の良さそうな人だった。

母が来る前に、主治医が、「もう明日にでも退院できる状態にあるのですが、このまま帰れて同じことの繰り返しでは何にもなりませんので、今後の相談をしましょう」と言った。

わたしは、「母はこの入院期間で看護師さんたちにお世話してもらい、楽をすることに味を占めたと思うので、多分退院したくないし、また戻ってきたいと思っていると思います。ですが母の体力的なことや金銭的なことを考えても、それは避けたいのです。それで、母は、『医者』とか『先生』の言葉だけは真面目に聞き入れる傾向にあるので、先生からもう戻ってきてもベッドもないし、あとは自分自身の頑張りだよって強く伝えてもらえますか？」と言った。

主治医は少し驚いた顔で「言えるかな……」と呟いたのち、「わかりました」と言った。

わたし達があれやこれやと話していると、扉が開いて看護師に先導された母が入ってきた。健康とは程遠い、痩せ細ったその老婆は、杖をつきながらノソノソとこちらへやってきた。そしてわたしの隣の席に腰掛けようとして、「看護師さん、この椅子を少し引いてくれない？」と言った。

看護師を何だと思っているのだろう。わたしはすかさず「まず自分でやってみて、それで無理ならわたしに言いなさい」と言った。

母は口を尖らせながら自分で椅子を引き、どうにか座って足元に杖を置いた。

全員が揃ったところでオウさんが、「では時間もあまりありませんので始めさせていただきます」と言うと母が、「ちょっと待ってくれる？」と言って進行を妨げた。

そして、「今日は皆さま、わたしのためにお集まりくださって、ありがとうございます。それでは始めさせていただきます」と言った。それ、必要？と横やりを入れたい気持ちを抑えたところで、オウさんが舵を取った。

オウさんはこの話し合いが始まる前に、「わたしは去年の春まで病院で看護師として働いていたので、今日の進行や細かい話はわたしに任せてください」と言ってくれていた。

話し合いの内容は、病院サイドとしては、母にひとり暮らしをさせるのであれば、デイサービスや訪問看護を使って、専門家に体調管理をさせることが退院の条件ということだった。条件通りケアマネージャーが来てくれたため、晴れて退院の目処は立っていた。

主治医にお願いしていた言葉もきちんと伝えてもらった。あとは退院の段取りだ。

主治医が「退院、明日にしましょうか」と言うと母は「明日?! 明日は無理です。わたしにも色々考えがあって、明後日退院だと思っていたのでそのつもりで今まで動いてきたんです」と言った。何をどう動いてきたのか知らないが、病床不足の状況が続いているのに、そんなわけのわからない自分の都合で居残られる病院側の迷惑を考え、その訴えを退けた。

すると母は、「ダメなの。毎日の運動とか、食事とか、そういうことを細かく計算してやっているから、明日は絶対ダメなの!」と、大声で訴えた。

こういう時にいちいちこの我儘《わがまま》を呑むのも良くないが、なにせ大勢の大人がこの場でこうして時間を作ってくれている手前、この押し問答こそ無駄でしかなかった。病院側もあと1日置いてくれるとのことなので、母の思惑通り退院は明後日となった。

ケアマネージャーは、「では明後日退院ということで、明後日の午後に諸々の契約ということで押さえてしまってよろしいですか?」と言った。午前中にわたしが病院に迎えに来て、午後から契約する段取りだ。わたしはまた、仕事を休むことになってしまった。

話がまとまり、皆が足早に退出しようとすると母がわたしを呼び止めた。

「ごめんね、リー、迷惑かけて。ありがとう」とゆっくり言った。こういう感情が入っているようで無感情な御礼の言葉は聞き飽きていた。「明後日、ちゃんと時間通りに出れるようにするんだよ。後が詰まっているんだから」とわたしは病院を後にした。

母の異常行動

結局ひと月近く入院した母は、これまでのようにアパートで生活できるのだろうか。

退院当日、約束の10分ほど前に病棟に着くと看護師さんが駆け寄ってきた。

「ごめんなさい、お母さまが今朝全ての衣類の洗濯を申し付けてこられて、まだ洗濯が終わらないので、あと15分ほどかかるんです」と言うではないか。退院する日にそれまでの汚れ物を全部看護師さんに洗濯させるだなんて……。恥ずかしさや苛立ちを超えて悲しくなった。先に1階で支払いを済ませることにした。

ドキドキして多めに持ってきていたお金は、その3分の1ほどの金額で事足りた。高額医療費の申請とはすごいものだ。こんなに安い金額で預かってくれるのなら、もうしばらくいてもらいたいもんだ……という考えが、フワッと出てきて、パッと散った。

10分ほど経って、大荷物を持った看護師さんと、ヨレヨレの老婆がこちらに歩いてくるのが見えた。看護師さんから荷物を受け取り、「ありがとうございました」とエレベーターへ向かうと母も、「ありがとうございました。またよろしくお願いします」と言った。

わたしは、「またはないよ！　もう戻ってくるところはないって先生にも言われたでしょう！」と言って、満タンの旅行バッグぐらいの大きさのバッグをふたつと、満タンの45リットルの透明のゴミ袋を抱えながらよろめいた。

これからケアマネージャー達と、介護保険の契約だ。長らく運動をしていない母は、とにかく歩くのが遅かった。タクシーに乗り込み、わたしたちはアパートへと向かった。

「これから契約だからね。契約したら今週からでも介護保険を利用してサービスが受けられるから。良かったね」と言うと、母は黙って外の風景を眺めていた。

久しぶりの親子の再会は、ただただ沈黙だけがわたしたちの間であぐらをかいていた。


アパートに着くと、程なくしてケアマネージャーと、これからお世話になる介護士、訪問看護師の面々がやってきた。それぞれが長ったらしい契約書を持参していて、わたしはそれをザッと説明してもらい、最後に何箇所も署名し、捺印した。はじめはひとつひとつ確認していたが、そのあまりの量に加え、説明の途中途中で母が質問して中断させるものだから、この後別の予定もあるケアマネージャー達は少し焦り始めていた。そして途中から、「印鑑はわたしたちで押しますから、リーさんは署名だけしてください」と言って、次々と必要なところに印鑑を押していった。かなり慌てた具合で契約は完了し、初回の訪問日程が決まった。介護士が週

2回1時間ずつ、看護師が週1回30分来てくれることになった。

介護士の訪問初日は明後日だ。わたしはひとまず今日やるべきことが終わり、ホッとして一度家に帰ったのだが、しばらくして何となく母が気になり、再びアパートへ向かうことにした。

時刻はもうすぐ夕方。最後の大通りの信号を渡り終え、ふと通りの向こうに目をやると、杖をつき歩く見慣れた姿があった。母だった。

もうウロウロしていることに驚き、そちら側に渡ろうと車が途切れるのを待っていると、向こうからパトカーがやってきた。するとあろうことかそのパトカーの窓を、母が杖で小突きながら、何やら大きな声を出しているではないか。小突かれたパトカーは、即座に開いていた車の窓を閉め、母の相手をするでもなく信号が変わると共に走り去っていった。

わたしは母に駆け寄り、「何をしているの?!」と怒鳴った。

すると母は至って冷静に、「社会福祉協議会のサイさんがどこにいるのか聞いていたのよ。でも何も答えてもくれなかったわ。不親切ね」と言った。わたしは混乱した。これはもう、脳が正常な働きをしていない立派な証拠じゃないか!と大きな絶望感に見舞われた。わたしの絶望をよそに母は、「じゃあね。疲れたから帰るわ」と言って、猫背気味に歩き出した。

わたしは、今日1日の母の行動を、ゆっくりと頭の中で回想していた。

頑張れど頑張れど

訪問介護士さんが来てくださる初日。今回のみケアマネージャーも同行してくれるとのことで、2人のプロフェッショナルが訪ねてくれることに安心して朝から仕事に励んでいた。訪問予定時刻は朝の10時だった。

休憩時間に携帯電話に目をやると、ケアマネージャーから着信があった。律儀に初回の報告をしてくださるのか……とかけ直すと、暗い声色のケアマネージャーが出た。

「実は、お母さまが玄関の扉を開けてくれなくて、何やら今日は疲れていて忙しいから帰ってちょうだいとのことで、サービスはおろか、お顔すら拝見できなかったんです」と言った。電話口で絶句していると、ケアマネージャーはこう続けた。

「このような理由でサービスを提供できない場合、本来は介護保険の1割負担ではなく、全額をお支払いしていただくことが義務付けられているのですが、今回は初回ということで料金は結構ですので、次回からこのようなことがないようにリーさんからお母さまにお伝えいただけますか?」

これまでの母の行動パターンからして安易に想像が付いたはずなのに、わたしはこの展開を全く予想していなかった。お詫びを言って、電話を切った。

数日後仕事を終え、帰宅しようとするとまた電話が鳴った。この間入院していた病院からだった。「お母さまが本日から入院することになりましたので、ご家族の方の立ち合いと、パジャマや日用品をお持ちいただくようお願いします」と言う。

「本日退院後初めての診察の日だったのですが、退院されてから5日間、また便が出ておらず以前のように腸で便が固まってしまっております。このままではまた以前のように腸閉塞になってしまうので、入院が必要となります」

いい加減にしてほしかった。もう気力も体力も追いつかない。

しかしそうも言っていられないので、わたしは自分の体重の5倍ほどのうんざりと絶望を担ぎ込み、荷物を取るため母のアパートへと向かった。扉を開けると部屋はすでに散らかり、あの湿った独特の匂いがまた戻ってきていた。

退院後、玄関にそのままになっていた衣類などを適当にひとつのバッグに詰め込み、目に付いたボックスティッシュを1箱、無理矢理押し込んだ。他に何か必要なものはないかと部屋を見渡すと、ふと紙の束が目に入った。ある地方銀行の口座開設の申し込み用紙だった。母の文字で記入もされている。名前や住所の下の職業欄には「主婦」と記されていた。

世の中の主婦たちが聞いて呆れるだろう。

母が何とか口座を所持し、またどこかの誰かからお金を巻き上げようとしていることを知って、恐怖を感じた。時刻は深夜に差し掛かろうとしていたので病院へ急いだ。看護師さんに荷物を渡しながら、容体を聞く。聞けば母は、病院から処方されたお通じを良くするための薬を一度も飲んでいなかったそうだ。とにかく入院を長引かせることだけは勘弁してほしい旨を伝え、自分の生活へと戻ることにした。

わたしはこの先に待っているものが何なのか、この時はまだ想像がついていなかった。

重・ゴミ屋敷になる前に

排便をしないというのも、立派なセルフネグレクトのひとつだ。要は面倒なのだろう。それが体に染みつき、いよいよ便が出なくなる悪循環の日々。「また便をしなければ病院に戻れる」とでも思っていたのだろうか。

2度目の入院を知らせるため、包括支援センターと担当のケアマネージャー、次いで母のきょうだいに電話を入れた。三者とも「あら……そうですか」といった微妙な反応に終わった。皆、大体予想通りというところか。

わたしは日々どうしていくべきか、考えていた。

以前社会福祉協議会のサイさんに、老人ホームの入所も視野に入れたいといった旨の話をしたことがあった。サイさんは、「お母さまの場合、通常の老人ホームだと性格的な部分や決まりを守れないところで多分すぐに追い出されてしまうと思いますよ」と言った。こうならないためにも、今の1日1日が大切なんだ、とわたしは思っていた。

今回の入院は、前回ほど長引かないことを看護師さんから聞いていた。しかしまたオムツをはかされているのだろう。日々出される食事を摂ることに慣れきってしまっているのだろう。看護師さんに介助されながらお風呂に入っているのだろう。

1週間ほどが経ったある日。病院から電話があり、明日にでも退院できると言う。恒例のお迎えにあがる日。母の部屋は数日で軽・ゴミ屋敷になっていたため、前回の退院後ぐらいの状態まで戻しておいてやろうと、わたしは方々に散らばったゴミを処分しにアパートへと向かった。部屋の前に着くとお向かいさんが出てきたので挨拶をした。

「おばあちゃん、最近見ないけどどうされているの?」と聞かれたわたしははじめ、彼女の言う「おばあちゃん」が誰なのかわからなかった。

母のことだと気付いた時、少しばかりショックを受けながら、「どこも悪くはないんですが、ちょっと入院が重なってしまって。でも明日退院してくるので、またよろしくお願いします」と言った。

もしかしたらこの人のところにもお金をたかりに行ったことがあるのではないかと思うと、あまり長く話をする気になれなかったが彼女は続けて、「うちは子供がふたりいるんですけど、ふたりともおばあちゃんのことが大好きなんですよ。いつもニコニコ声をかけてくれるし、わたしが仕事に行き詰まって弱音を吐いた時も励ましてくれて。良いお母さんをお持ちで羨ましいです」と言う。

彼女の口から吐き出され、わたしの耳に吸い込まれた「良いお母さん」という言葉は、脳に達した瞬間一握りの不快感を与えた。

わたしは否定も肯定もせず、ただヘラヘラと笑いながら母の部屋に入り、鍵をかけた。

医師の予言

2度目の退院の日。わたしは手慣れた様子で会計を済ませた。

しばらくして看護師さんが、足元のおぼつかない母を連れやってきた。

「おかえり」と言うと母は、限りなく無に近い表情で「疲れたわ」と言った。間違いなくこちらのセリフだ、とわたしと看護師さんは思い、偶然にも互いに顔を見合わせた。

そしてデジャヴのように看護師さんから大きなバッグを受け取り、ひとこと御礼を言ったわたしは立ち上がって帰ろうとした。

すると看護師さんが、「便通を良くするお薬を、近所のかかりつけの病院で貰ってください。今日を開けることなく今日から飲んでいただきたいので、この後行ってもらえますか」と言った。

わたしはまたひとつ面倒が増えてうんざりしかかったが、もうここまでくれば面倒がひとつ増えようがふたつ増えようが、大して変わりなかった。なぜここでお薬を処方してもらえないのかとも思ったが、それももうどうでも良かった。

母は、余程帰るのが嫌なのか、その場でじっと、杖を頼りに立ち尽くしていた。

「早く行くよ」と言うと「これ……」と1通の封筒を差し出した。

わたしは封筒の中身を見て、ぎょっとした。前回の入院費の限度額調整で、数万円の返金がある旨が書かれた紙だった。1階の窓口で返金してもらえるらしい。その制度にもだが、内容を確認しているであろう母が、大好きなお金に変えることのできる紙をあっさりわたしに渡してきたことに、とにかくひどく驚いた。度重なる入院で色々と消耗した証拠なのだろうか。

ヨタヨタと付いてくる母を横目に見ながら、窓口で返金手続きをし、母の口座に入れた。

少し歩くこともままならない母とタクシーに乗り込んだ。何にそんなに疲れているのか、話しかけても老婆は俯《うつむ》いたまま、タクシーの揺れか頷いているかわからない程度に小さく揺れた。

アパートに着き、わたしはいつも通り全ての窓を開けた。大きめの風がふたつほど吹き抜けた頃、ようやく母が部屋に辿り着いた。

久しぶりの部屋に戻った母は、いつも腰掛けている、本来は風呂の介助用につくられたオレンジ色の椅子にそっと腰を下ろした。明るいところで改めて見る母は、この数日で明らかに更に痩せ細っていた。それはほとんど骨組みだけのような、何か大病を患ったような体付きをしていた。

その場でケアマネージャーに電話をすると、「退院できて良かったです。明日から介護士さんに行ってもらうようにしますね」と明るい口調で言ってくれた。続けて「100円ショップかホームセンターでお薬カレンダーを買ってきて用意してあげてください」と言う。それが何なのかよくわからなかったが、店で聞けばいいだろう、と特に詳しく聞くことなく電話を切った。

続けてクリニックに着くと、待合室には溢れんばかりの老人がいた。わたしたちもその一部となり、順番を待った。

何度かお世話になっているクリニックの医師は、診察室に登場した母を見て明らかに顔を歪ませた。わたしが最近の状態を説明しようとすると医師は母に目線をやりながら、「入院されていた病院から連絡を受けて状態は聞いていますよ。お薬を1ヶ月分出すので、毎日必ず飲むように」と言った。続けて今度は目線をわたしの方に向け、「お母さんはかなり筋力が衰えているように見えますので、この次は転倒して骨折でまた入院、なんてことになりかねません。気を付けてあげてください」と言った。

短い診察を終え、わたしたちは診察室を後にした。

この数日後、医師の言ったことが、少し違ったカタチで現実となって、わたしたちを襲った。

日常化したうんざり

駅前の100円ショップでお薬カレンダー用に、ポケットの付いたカレンダーを3枚買った。朝・昼・夜と、それぞれ恐ろしい量の薬があり、それらを飲み忘れることのないよう管理するためのものだった。

1回につき錠剤4錠と漢方薬。面倒臭がりの母が、こんなものに縛られなくてはならない状態に自らを追い込んでいる。薬の個包装をひとつひとつ切り離してはカレンダーのポケットに詰めるという、単純かつ手間でしかない作業をしながら、大量すぎる薬を飲み切ることを想像して満腹になりそうになった。

翌日は介護士さんの訪問の日だった。母に、「明日は時間前から玄関で待機しておいて、来られたらすぐにドアを開けて中に入ってもらうんだよ」と伝えると、弱々しい口調で「わかってるわよ」と言った。母はその後、社会福祉協議会まで風呂に入りに行くらしい。わたしは交通費を渡した。

社会福祉協議会ではお風呂の開放をしており、市内在住なら初回の受付だけ済ませると無料で利用できる。しかし母はわたしの家に滞在していた時、1回のお風呂の所要時間が平均4時間だった。公共の施設のお風呂で長風呂が認められるわけもなく、母がそれに順応できるのかが気掛かりであった。

この日の仕事終わり、母のアパートに寄ることにした。部屋に着くと、母は寝ていた。まだ夜の7時半ぐらいだったため、「やけに今日は寝るのが早いんだね」と言うと、「今日は色んな人に会ったし、お風呂にも入ったから疲れたのよ、もう寝るわ」と言った。「お薬はきちんと飲んでいるの？」と訊くと、「今は疲れているの。後で飲むわ」と言ってそのまま寝てしまった。結局薬を飲まないのであればまた同じことの繰り返しだ。

翌日、包括支援センターのオウさんから電話があった。間もなく期限を迎える介護保険の更新手続きをしてくださり、継続して「要介護1」のまま介護保険を利用させてもらえることになった。

その翌日は初めての訪問看護の日だった。看護師さんが、細かく健康状態を確認してくれる。例えばもし便がひどく詰まっている場合には浣腸もしてくれるそうだ。1回たった30分だが、来てくれるだけ有り難いとわたしは安心していた。

突然、ケアマネージャーから電話が鳴った。

「リーさん！　ごめんなさい……今日は訪問看護の初日だったんですけど……実は、契約していただいた訪問看護の従業員達がボイコットを起こし、全員辞めて解散になってしまったんです」

は？

給料面で経営者と従業員たちがモメたのだろうか。

「早急に別のところをお探ししますので、見つかり次第すぐにサービスを受けてもらえますから。ただ、はじめに契約をしなければならないので、またリーさんにサインをしに来ていただかないといけないのですが」。わたしは、何だかとても、深くうんざりした。

「ボイコットなんてわたしも初めてで本当にびっくりしていまして」とか何とか話し続けているケアマネージャーに、「次はすぐに潰れないところを早急に紹介してください」と言って電話を切った。結局またこの日もわたしが母のアパートまでお薬や便通の確認などをしに行かなければならなくなってしまった。

アパートに着くと、母は起きていた。訪問看護の開始が遅くなったことや、昨日のお風呂がどうだったかなどあれこれ話していたけれど、気が付くと最近のわたしたちの会話は所謂親子の会話ではなく、まるでヘルパーとその利用者の会話のようだった。

あの世への旅の予約

この日、母は朝9時に生活費を取りに、うちに来るはずだった。

時間になっても来ないため、「またか……」とわたしはもう気にも留めず家を出た。

坂を登り切ったあたりで少し先にふたり、人の姿が見えた。ひとりは母だった。

そのかたわれは母の腕をしっかりと持ち、母はまるで捕らえられたような面持ちだ。ふたりはこちらを向いて真顔で突っ立っている。よく見ると母は顔中に青アザをつくっていた。驚いたわたしは、慌てて駆け寄った。

母の腕をがっちりと摑んでいたのは少女だった。「何があったんですか？」となるべく平静を装って訊ねると、「道で倒れられていて、起こしてくださいと言われたので起こした後、立つのを支えてあげていたんです」と言う。

わたしは少女にありがとうをたくさん伝え、母の腕を預かった。母はよろめいている。

誰かに殴られたのかとも思ったが、どうも違ったようだった。母はよろめきながら、まるで酩酊しているかのような呂律《ろれつ》で、「歩いていたら、転んだの。先程の方が親切に起こしてくれたの。助かったわ」と言った。

わたしはそのゆっくりと辿々しい呂律を耳にし、背筋に何かが走った。

「頭を打ったんじゃないのかい？」と聞くと、「頭は打っていないわ。少し腕が痛いだけ」とやはりたどたどしい呂律で返した。

時計を見ると、間もなく始業時刻だった。しかしこのままここに母をひとりで放っておくわけにもいかず、左手に母の腕を抱えながらどうするべきかを必死に考えた。

ひとまず会社に間に合うことを諦め、その場で電話をする。すると母が、

「リー。わたしは大丈夫よ、ひとりで帰れるわ。だから食費と、あとトイレットペーパーがもうないからトイレットペーパーのお金も余分にください。わたしは今、とてもお腹が空いてい

るの」と、普段の倍ぐらいの時間をかけて言った。

母は顔中に青アザをつくり、とくに右目のあたりは腫れてしまって、その目はアザに埋もれて細い線のようになっていた。こんな状況でも助けよりお金が欲しいという思考があるだけまだ大事には至っていないのだろう、とわたしは思った。

しかしここでふたりして立ちすくんでいても何も始まらないため、わたしはこの場にタクシーを呼び、母を家に帰らせて、会社に向かった。

「タクシーなんていいわよ、お金だけ渡してくれたら。わたしはお腹が空いたの」とゆっくりとぼやく母を無視してタクシーを呼んだ。程なくしてタクシーが到着した。突然母が乗車してきたら運転手は驚くだろうと思い、ドアが開くと同時にわたしは車内に首を突っ込み、「母が転んで怪我をしてしまったので、家に届けてほしいんです。もしも彼女が別のところで降りたいと言っても、決して下ろさないでください。必ずこの住所に送り届けてください」と言って、母の住所を伝えた。

よれよれの母を乗せたタクシーは、ゆっくりとその場から去って行った。

わたしは気が気でない状態で会社に行き、母の具合が悪いことを伝えた。仕事をしながらもどんどんと不安が大きくなり、「何ともなければすぐに戻ります」と無理矢理会社を飛び出した。母に簡易的にカロリーを摂らせるため、コンビニエンスストアでおにぎりと即席のお味噌汁とトイレットペーパーを買った。そして足より先を進もうとする気持ちに追い着くように全力で駆け出して、母のアパートへ向かった。

部屋の扉を開けると、母は玄関で倒れていた。意識があるかを確認すると、先程と変わらぬ呂律で、「大丈夫よ」と言い、ここから起こしてくれと言うので、わたしは手に持っていた荷物を地面に放り投げ、全力で母を起こそうとした。

軽い。

少し頑張れば片手でも持ち上がりそうな母は、その全体重をわたしに預け、完全他力で立ち上がった。そして、玄関から部屋に上がり、そのままそこに敷かれた布団の上にまたドサッッッと倒れ込んだ。

これはいよいよもうまずいと思い、しかし世の中の医療のひっ迫を考え、救急車を呼ぶことを躊躇ったわたしは、困った時に頼れる唯一の人、社会福祉士のユーさんに相談をした。そしてユーさんの助言通り、わたしはすぐに救急車を呼ぶことにしたんだ。

電話をするわたしの隣で母は、

「救急車は嫌よ……お腹空いた」「救急車なんて乗らないから……お腹空いた」と、譫言《うわごと》のようにぼやき続けていた。あまりにお腹が空いたお腹が空いたというので、買ってきたおにぎりをひとつ差し出すと、飢えた野良犬のように貪り食い始めた。

遠くの方からサイレンが聞こえ、やがて大きくなったその音は、わたしたちのいるアパートの前でプツッと止まった。

Column 4

オルタナティブ福祉というものについて

母の死後、インターネット上で執筆をしながらも、目に見えるわたしの世界に変化はなく、日々悶々《もんもん》としていた。

ある日友人であるミュージシャンのライブの打ち上げにお邪魔した際に、彼がこの執筆内容を話題に上げてくれ、大きなテーブルを囲む全員で話し合ったことがあった。彼は日頃からわたしの記事をそれはそれは熱心に読み、感想を述べては他者に広めてくれていた。

テーブルを囲む人々の中にはこの日初めて会った人も多数いて、ライブ終わりの楽しいひと時を思うと何だか申し訳ない気持ちになりながらも、色々と記事の話をした。

しかしわたしはこの時、この場の大切さを痛いほど感じ、人はそれぞれ他人が思っている以上のものを抱え、またそれを外に出すこともままならないままに生きていることをとても苦しく思った。

わたしが話すと、「実はわたしの家も……」と言って、ポツポツと蓋を開け話してくれる人、今は問題こそないけれど、いずれ来る将来へ備えて話を聞きたいと言ってくれる人。

そして誕生したのが〈オルタナティブ福祉〉。これは所謂福祉的な悩みやそうでないことも含め、皆で話し合いましょうという会で、今都内で不定期に開催している。

メンバーはわたし、彼、友人の精神保健福祉士、そして制作スタッフに彼のマネージャー。

トークショーと違ってあくまで座談会のため、お客さんは参加者として、わたしたちと肩を並べてお話をする。話を重ねるに連れ、メンバーからもこれまでに聞いたことのなかった話が出てくることもあった。

会場は本編にも出てくる「小さな喫茶店」。お酒や食事のある環境も相まって、皆さんが抱え持ち寄った悩みや日頃の疑問などが、隙間なしに飛び交う空間。全員に発言権があるため、対話が対話を呼び、文字通り座談会が成立する場。

わたしはこの会が好きだ。

この会こそが、今のわたしと母を繋ぐ唯一の接点のようにも思うから。

第5章

そして母は逝った。

最後の、入院

母のアパートの前に停まった消防車から、消防隊員がゾロゾロと部屋へ入ってきた。最初わたしは間違えて消防車を呼んでしまったのかと焦ったが、救急車に積みきれない医療器具などを消防車に搭載していたり、救急車が出払っていて遅れる場合など、先に消防車が来ることは普通のことらしい。

消防士が夢中でおにぎりを食べている母の手を止め、血圧やら体温やらを測定したり、異常の有無を確認していた。程なくして救急車がやってきた。こちらも隊員が複数名いるため、あっという間に狭いワンルームは人でいっぱいになった。リーダーと思しき人が母の手からおにぎりを奪い取り、今の様子を窺っている。その間にわたしは別の隊員から今に至るまでの状況の説明を求められた。

リーダーが母に、「転んでどこをぶつけたの？　おにぎりは後だよ！」と言っている。母は、「右腕が痛いの、でも大丈夫。救急車には乗らないわ、お腹が空いた」と言った。

リーダーが、ちょっと話にならないと言った感じでわたしを呼んだ。「お母さんは普段と違いますか？」と聞くので、呂律が怪しいことを伝えた。

顔面の青アザを見て、頭を打っているかもしれないという疑いもあったのだろう。「脳に異常がある場合、血管が詰まっている状態で食べ物を食べると良くないから、検査して異常がないことがわかるまでおにぎりはダメ！」とリーダーは母にきつく言った。

それでも母は、「救急車はいらないから早く帰って。お腹が空いた」と壊れたガラクタ人形のように同じことを繰り返し言った。利かん坊のような状態を続けている母に、段々口調が荒ぶるリーダー。いよいよわたしも「いい加減にしなさい！」と怒り出す。

リーダーとわたしはどうも同じ地域の出身のようで、アクセント強めの言葉づかいと、初対面とは思えない波長で掛け合い、母を説得した。その場にいる隊員から少しずつ笑いがこぼれ始める。

しばらくしてそのうるささに母は観念したようで、「わかったわ、行けばおにぎり食べてもいいんでしょう」と言った。

リーダーはわたしを「よし」といった目で見た後、近隣の救急病院に順に連絡を取り始めた。しかしどこもいっぱいで、なかなか受け入れ先が決まらない。保険証や身の回りのものをまとめていると、「お母さんは担架に乗せて運ぶから、靴を持ってきてください」と隊員に言われた。

触りたくない気持ちを押し殺し、汚れた靴を袋に入れた。

母を担架に乗せた隊員たちは、足早に部屋を出て救急車に乗り込んだ。リーダーが、「戸締りと火の元だけお願いね」と言い残し、部屋はわたしだけになった。火の元の確認をし、荷物を抱え、電気を消して玄関を出ると階段の下から隊員のひとりが、「杖は？　持った？」と声をかけてきた。

気が利くなと思い、うっかり忘れていた杖を持ち、振り返ってその杖を振って見せたわたしに隊員は片手を挙げ救急車に乗り込んでいった。

救急車に乗ると、母は横になって血圧を測られている。数値に異常は見られないようだが、何が原因で今のようになっているかがわからないため、隊員たちは首を傾げていた。その間もリーダーは次々に救急病院と連絡を取り続けていた。母はリーダーに、「お腹が空いたの。おにぎりはどこ？」とまだ言っている。

病院に着いてすぐに帰れるかもしれない可能性を加味して、わたしは食べかけのおにぎりをバッグに忍ばせていた。

何軒目だろう、ようやく受け入れ先の病院が決まった。リーダーが病院名を言った次の瞬間、救急車は急発進した。大きなサイレンを鳴らしながら、30分ほどで病院に着いた。担架で運ばれる母を見送り、わたしはとにかくだだっ広い待合室の端っこの椅子に腰を下ろした。しばらくボーッとしていると先程のリーダーがやってきて、「今から検査です。我々はここまでですのであとはお願いします」と一礼しながら言った。わたしは立ち上がり、「色々とありがとうございます」と深々とお辞儀をした。

待合室は、外から陽がさして、気持ち良かった。

どのぐらい時間が経ったただろう。いよいようたた寝しかけたその時、わたしは呼ばれ、母の元へと向かった。

青アザまみれの母を眺めながら、そういえばここはどこなんだろうか、帰りはどうやって帰ろうか、仕事には戻れるんだろうか、と考えながら、座っていることしかできないこの時間を恨んだ。

しばらくして主治医がやってきた。救急病棟の忙しさを体現したような髪型でこちらに駆けてきたその医師は、わたしに検査結果を告げた。

「検査の結果、脳に異常は見当たりませんでした。低血糖ですね。呂律がまわらないのもそのせいだと思います。この診断がおりた場合、原則24時間の経過観察が必要となりますので今夜はひと晩入院していただくことになります」

また入院か……。

「今から入院のお手続きをしていただき、明日の午後お迎えにいらしてください」

と主治医は言った。明日も仕事で、もう穴を開けられなかったため、「明日はどうしても仕事を抜けられないので、ひとりで帰らせることは無理ですか?」と聞くと、主治医は横目で母をじっと見、わたしの方を見返して、「無理です」と言った。

迎えの時間をどうにか仕事終わりの遅めの時間にずらしてもらい、母は入院することになった。そしてまたたくさんの書類に署名をし、母にひと晩の別れを告げ、病院を出た。

勢いよく出口から飛び出したわたしは、全く知らない風景に戸惑い、足がもつれた。

ひとまず会社に電話をし、着く頃にはもう誰もいないであろうオフィスへと向かった。

生命力の弱まり

翌日の仕事終わり、わたしは電車とバスを乗り継ぎ母の入院している病院まで迎えに行った。途中ドラッグストアに寄り、昨日主治医におしえてもらった、低血糖の予防になるというブドウ糖のタブレットを購入した。

ここ最近、生活の中で母の入退院の送り迎えがルーティンになりつつあることに気付き、暗い気分が脳裏をかすめる。病院に着くと、看護師が退院にあたっての書類を持ってきて、わたしはまたたくさんの署名をした。そしてもう帰ってしまった主治医に代わり、看護師から母の今後の生活について指導を受けた。低血糖で倒れるということは食事がまともに摂れていないということで、ケアマネージャーに相談し、ヘルパーや看護師の訪問頻度を増やしたり、デイサービスを利用したりすることを強くすすめられた。そしてもう一度かかりつけの近所の病院へ行き、今後に備えておくようにとのことだった。

看護師からひと通り説明を受けながら、その包容力のある優しい語り口にすっかりわたしは心を開き、説明が終わった後少し母への愚痴をこぼしてしまった。

看護師は、「わかりますよ。わたしにも同じぐらいの年齢の親がいますから」と言いながら、「うん、うん」とわたしの話を聞いてくれた。

わたしは母の日常を話しながら、同時に頭で整理をしていた。そして、ようやく重大な事実に気付いた。母は、もうわたしたちまわりが自立を望み、支援をしても無理なのだということに。

これからは母を支えていかなければ、守ってやらなければもう自分ではどうしようもないのだということに。

自由に使える他人のお金を失い、生き甲斐を奪われた母は、生きる気力まで失い、何をどうしたいのかも考えられなくなっているのだろう。まともな生活など送れるはずもない。ならば極力わたしがまともな生活をつくり、手助けしてやるしかないのだと思った。

時刻は夜の9時をまわっていた。看護師曰く母は「帰りたくない」となかなかベッドから動かないそうだ。そりゃあ帰っても、あの狭くて何もないアパートにひとりでいるしかない。身の回りのことを親切にやってくれる人もいなければ、トイレにも自分で行かなければならない。自業自得ながらも少しだけ気の毒に思えた。

かなりの時間が経ち、ようやく母が病室から出てきた。

青アザというのは時間が経つとどんどん色が濃くなってくるもので、昨日以上にその存在感を遺憾なく発揮している。わたしの姿を見た母は、「ごめんね、遅くなりました」と言った。昨日おかしかった呂律は、ほぼ通常まで戻っていた。

看護師から荷物を受け取り、エレベーターで下に降りた。

そしてロビーに設置されたATMでお金をおろし、わたしたちは料金を支払うカウンターへと行った。前回、前々回の入院費を頭に置いていたわたしは、そのたった1泊の入院費に腰を抜かした。その額は前々回の、およそひと月弱の入院費を上回っていた。

何かあった時のために、と毎回の母の年金から少しずつ少しずつ貯金にまわしていた分のお金が、今回の入院費で全てなくなってしまった。何かあった時用の貯金なのだから、用途としては間違っていないのだが。

あまりの額に肩を落とすわたしを見た母が、「この額は合っていますか？　高額医療の申請をしている分は適用されていますか？」などと事務員に質問をしはじめた。事務員は、「はい、適用されてこの額です」と冷たくあしらうが、母はまだ何か言おうとしている。

わたしは、「もういいよ、帰ろう」と言って母を連れて病院を後にした。停まっていたタクシーに乗り、アパートへと向かった。

道中わたしは、「もう今後入院はできないよ。お金がないし、わたしもここまでの頻度で送り迎えが続くと自分の生活にも差し障るから。わたしがもっと色々考えるから、まずはその通りに生活してみて。それが無理なら老人ホームに入ろう」と言った。母はもう、何も言わなかった。

アパートに着き、もう遅いから寝た方がいいよ、と言うと母が病院から持ち帰ってきた袋の中から小さなヨーグルトをふたつ、わたしに差し出した。

「これ、わたしは今日病院で晩ごはんを食べてきたのだけど、リーは仕事が終わってから何も食べてないでしょう。わたしだけ申し訳ないから、お昼の分と夜の分で食事に出たヨーグルトをあげようと思って残しておいたの。帰ったら食べてちょうだい」

わたしはそれを一旦受け取ったが、「気持ちだけでいいよ」と言って冷蔵庫に入れた。内心その気持ちは本当に嬉しかった。

「明日もまた来るから。食事はお鍋にかけるだけで食べられる即席の麺がそこにあるから、火の元に注意して食べるんだよ」と言って、わたしは疲れた体を何とか立ち上がらせ、母の部屋から出た。

外から玄関の鍵をかけていると、中から母の声がした。「リー！　今日もありがとう！」

わたしは、「おやすみ」と言ってアパートの階段を足早に駆けおりた。

さて、もうあの状態で外を出歩くのは危険だ。日々の生活や食事をどうしようかとわたしは悩んだ。帰り道、友人に電話で相談をした。すると友人が、「昔祖母と暮らしていた時に、宅配弁当を利用したことがあって、あれは便利だったよ」と言った。とにかくお金をかけずに生活させたかったわたしはこれまでそこに頭がいかなかったが、少しでも自分自身が楽になり、母も食べるだけで済むのなら、今のわたしたちには一番必要なのかもしれない。翌日、目星をつけた業者に早速電話をかけてみることにしたんだ。

もう戻れない

宅配弁当は、単に忙しい日常生活の中でお弁当を持ってきてもらい、それを一食の食事に充てる、いわば仕出しのようなものから、毎回の配達で生存確認をしてもらえる、見守りサービス付きの介護目線のものまで様々だった。わたしは後者の中で探していたのだが、どれだけ値段を抑えたものを選んでも、ひと月の食費がこれまでの何倍にも跳ね上がった。

しかし自身でまともに食事を摂れないため、最低でも昼夜の2食分は宅配してもらい、朝は予めパンや軽食を買っておく食生活にシフトするほか選択肢はなかった。

母は洗い物も苦手なのと、性格と性質上行動が遅いため、容器を洗わなくてもいい業者を選ぶ必要もあった。「洗うのが手間だから食べない」とか、「洗っていないから容器を返せなくて部屋の片隅に山積み」なんて容易に想像がつく。幸い他社に比べて安価で、容器も洗わず返却できるところが見つかり、わたしはそこに電話をかけた。

電話の相手はとても感じが良く、早速明日から始めてくれると言う。明日はわたしも仕事が休みなためそこに立ち合い、1食目は無料だというそれを実際に母に食べさせて、続けたいか

どうかをその場で聞き、必要ならばそのまま契約しようという段取りだった。同時にケアマネージャーに、
・週2回のヘルパー訪問
・週1回の訪問看護
・週1回のデイサービス（主にお風呂）
これでスケジュールを組んでもらい、週のうち残りの3日はわたしが訪問することにして、人に会わない日を作らないようにしようという計画を立てた。

もう、覚悟は決めていた。他のことは後回しにして、とにかく母のことで頭はいっぱいになっていた。

翌日。宅配弁当の昼食が届く朝10時に母のアパートへ向かった。部屋に入り、寝起きの母を尻目に部屋中の窓を開けていると、母は腰痛を訴えた。ひとまず今日中に外出する用事はまとめて済ませておきたい。かかりつけ医に診せに行った後、整形外科にも行くか、などと考えていたところに、開けっ放しの玄関の扉の外に訪問客があった。

ヘルメットを被った青年が、弁当屋の名を名乗る。青年は、「本日から宅配にまいりますウヅです」と言って、母に挨拶をして弁当を渡した。母は小さなノートを取り出し、「もう一度お名前は？」と聞き、「ウヅさん　弁当」と走り書きをした。

ウヅさんは、「次は夜の分のお弁当を15時頃に配達にあがります」と言って一礼をし、その

場を去って行った。ひとまずは母にお弁当を食べてもらわないと話が進まないため、一緒に弁当箱の蓋を開けた。

お弁当の内容は、メインと副菜一品、少なめのごはん、別にお湯を注ぐタイプのお味噌汁で一食分だった。少し早いけれど病院に行く前に昼食を摂るよう伝え、母はゆっくりと食べ始めた。「美味しいわ」と言い、あっという間に平らげたお弁当の感想を聞くと、これからもこれで良いけれど、もう少しおかずの量があってもいいわねとのことだった。お弁当のグレードを上げるとその分費用が嵩むため、わたしは何かしらのおかずを作って置いておこうと決めた。

ゆっくり、ゆっくり食べ終えるのを、わたしはただじっと待った。

食事を終えた母に、「さぁ、病院へ行くよ！」と言って外に出るよう促した。「少し待って」と言い、かと言って着替えるでもなく母はどこからか手鏡を取り出し、顔を見たり口元を確認している。一応まだ本人の線引きで、身だしなみなどを気にする気持ちは持ち合わせているようだった。

わたしは先程開けた全ての窓を、また同じように全て閉じ、玄関で靴を履いた。

母はまだ手鏡を見ている。わたしはもう、急かさなかった。そして気が済むまで鏡の中の自分と向き合った母は、玄関へとやってきた。ゆっくりゆっくりと靴を履き、杖を持ち、ようやく部屋を出るまでにかかった時間、40分。そしてそこからのんびりと病院へと向かった。

幸い病院は空いていて、すぐに診てもらえることになった。名前を呼ばれ、母に付いてわたしも診察室に入った。医師は母の顔につくられた大きなアザを見、ギョッとした顔で、「どうしたの?」と言った。「転んだんです」と答える母の横からわたしは、先日1泊だけ入院した病院の主治医から預かっていた手紙を差し出した。医師は受け取るなりオープナーで封を開け、中を確認した。

その、何が書いてあるのか想像がつくようでつかない手紙を黙読した医師は、「もうね、これは毎日デイサービスを利用するか、老人ホームに入所した方がいい。他人の目が届かない環境に置いてはいけないよ」と渋い顔をしながら言った。わたしは「もう自立支援は諦めました。これからは介護の目で見て行こうと思います」と言うと医師は、「ここまできたら、それしかないよ」と言った。

改めて現実を見たわたしはどういうわけか、心がサッパリとしていた。そしてまた芋虫ほどの速度の母を連れ、今度は整形外科に行く道すがら、そういえばもう何年も母のことを、「あんた」とか「おまえ」としか呼んでいないことに気付き、心が苦しくなった。

母の後ろに現れたそれ

これは結果的に母の最後の外出となった。

結果は、「腰椎《ようつい》骨折」だった。多くは骨密度が低下する骨粗鬆症《こつそしょうしょう》から来るらしい。先日の転倒による怪我かと思ったが、どうも関係ないようだった。治療方法も特になく、痛み止めを飲んであとは日にち薬だそうな。母は疲れたらしく、部屋に戻ると言った。

あれほど外出が好きな人が部屋に戻りたいだなんて少し気掛かりだったが、無理に外を出歩く必要もないため、先にアパートに戻るように言った。残ったわたしは薬を貰い、スーパーに寄って、日々のお弁当にプラスするためのおかずの材料を買った。

買い物をしていると、お願いしていたデイサービスの件でケアマネージャーから電話が鳴った。次にヘルパーさんが訪問してくれる際にケアマネージャーも同行し、サービスが終わったあと母を連れて見学に行ってくれるらしい。

わたしは買い物を終えてアパートへと戻り、母にデイサービスの件を伝えた。サービスの中におやつが付くものもあることを知った母は、「おやついいわねぇ。もうすぐバレンタインだからかしら、ホワイトチョコがたくさん売られていたの。ホワイトチョコが食べたいわ」。先程街を歩きながら目にしていたのだろう。わたしは明日にでもホワイトチョコと、あと家にあるお正月の残りのお餅と小豆を炊いておしるこでも食べさせてあげようと思った。それを伝えると、母は大層喜んだ。

これまで高級店の有名なものにばかり反応し、手作りのものに無関心だった母がこんな素朴なことに喜んでいるのを見て、ひと筋の不安が走る。

もう、何に喜んで何を不安に思えばいいのか、その境界線が自分の中で曖昧になってきていたが、できる限りのことをすれば、彼女は時間をかけて回復し、元気になるものなんだと、そう思っていた。

翌日母の部屋に行くと、「リー、わたし早く元気になるために運動を頑張っているのよ、ちょっと見てちょうだい」と言って、いつも座っている椅子から立ち上がり、背もたれを持った。大袈裟に言うと健康な人の手指ぐらいの細さの足で床を踏みしめた母は、「1234……1234……」と数を数えながら、体のどの部分にとって運動をしたことになっているのかわからない弱々しい運動を見せてくれた。

「これをね、毎日毎日時間がある時にしているの。だからわたしは大丈夫よ」。母には時間しかなかった。

心配をかけたくないという親心のようなものがそこにあったのかはわからないが、母はこのシューールな運動を「もういいよ」と言ってもずっと続けていた。その間にわたしは台所へと行き、使うことなくほったらかされていたフライパンで餅を焼いたり、お鍋で小豆に熱を入れたりした。しばらくして、もう運動は疲れたでしょう、とウヅさんが配達してくれたお弁当をまずは食べさせ、次いでデザートにおしるこを出した。母はそのどちらも「おいしい、おいしい」と言って、ゆっくりゆっくりと頑張っていた。

翌日はヘルパー訪問の日だった。午後、ケアマネージャーから電話があった。ヘルパーさんのサービスが終わった後にデイサービスを見学する予定だったのだが、母が今日は疲れているから次回にしてと言ったそうだ。

わたしは、デイサービスの利用さえ決まれば自分の訪問回数を少し減らせるし、母もお風呂に入れるというだけで、今すぐ特別に急がなければいけないわけでもなかったため、仕方がないかと諦めた。この日も仕事終わり、母のアパートに立ち寄った。

わたしは母に、「今日ケアマネージャーとヘルパーさんが来たでしょう、何をしてもらったの?」と聞いた。

すると母は、「今日は誰も来ていないわ」と言った。

わたしはその時、持ってきていたおかずをバッグから出し冷蔵庫に入れるところだったのだが、その手を止めて母のいる部屋に行き、母の顔をじっと見た。

気のせいなのか、その顔は昨日よりシワが増え、顔のアザは黒みが増している。

どうしても今日のケアマネージャー達の訪問を思い出させたくて、何度も質問を投げかけた。しかし何を言っても、「誰も来ていないわ」と言い続ける母に、「今日は何曜日?」「では誰が訪ねて来る日?」「お弁当は誰が持って来てくれたの?」と質問を重ねた。まるで認知症の老人との会話そのものになっていることに気付き、泣きたくなる気持ちを抑えながら答えが返ってくるのを待った。

どのぐらい質問をし続けただろう、何を言っても「よくわからない」だの「知らない」だの言う母の後方30センチぐらいのところに、わたしはハッキリと見てしまった。

それは、映画やアニメに出てくるそれと酷似していたので、すぐにそれだとわかった。

死神はすぐそこに来ていた。

わたしはその、母の方に向いた鎌の先を、確実にこの目で、本当に見てしまった。

歪《いびつ》な形の三角形

翌日も、わたしは母の部屋を訪ねた。時刻は夕方の6時過ぎ。

インターホンを押すと、中から「鍵を開けて入って」と声が聞こえたので、玄関を開けて中に入ると、母はもう寝る準備をしていた。準備と言っても着替えるわけでもなく、ただ布団に入ろうとしていただけなのだけれど。

「もう寝るの？　まだ6時だよ」と言うと、「今日はもう寝るのよ、疲れたの」と言うので、今日は何をしていたのか聞いた。

すると母は、「今日はウヅさんがお弁当を持ってきてくれたのを食べて、食べ終わって体操をして、またウヅさんがお弁当を持ってきてくれたのを食べて……あ、そうそう、わたしね、リーに話しておかなければならないことがあるの」。それはまるで、その日1日を思い返すことができないため、突然話をすり替えたのか、思い返している時に突然記憶に蓋をしてしまったのか……わたしの質問に対する答えとは一定の距離を置いた話がツラツラと出てきたのだった。

内容は、部屋のお向かいさん家族の話だった。あの家のお母さんがどれだけ優しいか、その子供たちがどれだけ良くしてくれているか。

なぜ今それをわたしに話す必要があるのかわからない話を、母は次から次へと続けた。わたしはわからないなりに聞いているふりをしながら、母の目や口の動きを見たり、表情や行動をじっと見ていた。

これは気のせいではなく、ボケ始めているのではないか。

わたしは近く母の脳の検査をしなければと考えながらも、これ以上医療に世話になりまた入院となっても、もう何も治らない気もしていた。

数年前、この部屋で毎日小さな段ボールに座って睡眠をとっていた母の姿勢が曲がり、腰を悪くした際、どうすれば治そうと思ってくれるかを考え、試したことを思い出した。

あの時は「銀座に出かけよう！」と提案し、母は憧れの銀座に行きたい一心で、病院にかかっても続かず、何も良くならなかったその姿勢を見事にあっという間に治してしまった。あの試みは、我ながら完璧だった。あの時のように、また母の行きたいところへ行こうと提案し、そこへ行きたい気持ちからボケや、この痩せ細った状態をどうにか抜け出してくれないかとわたしは密かに期待していた。

そして唐突に、「どこか行きたいところとか、見たいものはない？」と母に訊いた。母は少し考えて、「元気になったらリーと一緒に駅まで歩いて、ぐるっとして家に帰ってきたいわ」と言った。銀座や日本橋のような華やかな場所に憧れ、思いを馳せていた母はもうここにはいなかった。

わたしは静かに絶望した。そして、母のきょうだいをはじめ、ユーさんやサイさんなど、これまで母が世話になった「以前の母」を知る人たちに、「母が最近ちょっとおかしいので、会いに来てやってもらえませんか」と連絡をした。皆、近々行けるよう調整してみるとのことだった。

この日、母はもう寝るというので、後ろ髪を引かれつつ、部屋を後にした。

翌日また、わたしは仕事終わりに母のアパートを訪ねた。どういうわけかこの日は、布団の枕元に広告の裏紙が置かれ、外出する際によく履いていた靴が片方だけ置かれていた。何なのか訊ねると母は、「大事にしているからよ」と言った。意味がわからなかった。

この日は近くに住んでいるわたしの友人が、お土産にゴム製の黄色いボールを小脇に抱えて訪ねてきてくれた。これまで何度か母に会ったことのある友人は、久しぶりの挨拶をし、「食事と睡眠の次に大切なことは運動ですよ」と母にボールを渡した。母は、「こんなの、何に使うの」と言っている。

友人は、「椅子に座ってこのボールを両足に載せて足を上下に動かすだけで、良い運動になりますから、暇な時にやってみてください」と勧めたが、母は、いかにも興味なさそうに、「ありがとう」と言った。しばらく3人で他愛のない話をしていたが、徐々に母の返答に違和感しかなくなり、それがいよいよ「疑い」から「確信」に変わり始めた。

壁に貼ったカレンダーを見ながら「今日は何月何日だっけ?」と言った時のことだった。母は「わからないわ」と言って、考えることを放棄しようとしたのでわたしは、「ちゃんと考えて! わからないで済ませたら何も変わらない!」と声を荒らげた。

わたしは内心、焦っていた。焦りがイライラとなって少しずつこぼれ始めていた。と、同時にこんな小さな部屋でずっと閉じ籠った生活をしていては、今日が何月何日なのか、今が午前か午後なのかがわからなくなっても仕方がないのかとも思ったんだ。

「わからないからもういいわ」とポケッとした顔で考えようともしない母に、諦め悪く「わたしはね、数日前いよいよあなたの後ろに死神を見てしまったんだ。鎌の先があなたの方を向いていた。これは比喩ではなくて、実際わたしはこの目で見たんだ。このままでは連れて行かれてしまうよ、そうならないように一緒に頑張ろうって言ってるんだ!」と言うと、隣にいた友人が取り乱したわたしに、「そんなこと言わないで、少しずつヒントを出してあげながら今日がいつなのか考えていけばいいじゃない。ゆっくりでいいじゃない」ととりなした。言っていることはもちろん理解できたが、これが身内か否かの差なのだなと、わたしは考えながら、逸《はや》る気持ちをどうにかコントロールした。

わたしはただ、母に元に戻ってほしかった。こんな今にも腐って朽ち果ててしまいそうな、やつれた木の棒のような母は、わたしの知っている彼女ではなかったから。

ゆっくりいけばいいのかもしれないけれど、「母をボケさせようとする何か」に追われている母と、その「何か」が母に追いつかないように追いかけまわすわたしと、そんなわたしを無自覚にも後ろからトンッとタッチしてきそうな母。わたしたちはそんな複雑な三角形の中にいるように思えた。わたしはこの三角形が歪な形をし続けている間は、毎日のように母に会いに来ないと、母がその何かに追いつかれ、三角形が崩れた時に、今が終わってしまうように思っていた。

明日も、明後日も、とにかく母に会いに来て少しでも話をし、母を守らなければと思っていた。

母親としての笑み

ある日の朝、お弁当の配達員、ウヅさんから電話があった。

ウヅさんは日曜日以外の毎日、朝の10時頃にお昼ごはんを、午後3時頃に晩ごはんを、それぞれ届けてくれている。電話に出るとウヅさんが、「お弁当を届けにきましたら、中からお母さまが少し待ってと仰るので部屋の前で待っているんですけども、あと5分待って、あと5分！を繰り返されて今50分が経過しており、どうさせていただこうかと思いまして……」と言う。

わたしは配達の人を50分も待たせている母にギョッとしたが、50分も待ってくれているウヅさんにもギョッとした。

後が詰まっているだろうに、「ごめんなさい、中に聞こえるように、部屋の前にお弁当を置いておくことを伝えて置いておいてください」とわたしは言った。この電話を貰った日の夜、仕事終わりにまた母のアパートを訪ねた。

今朝のことを話すと、「忙しくて出られなかったのよ」と言う。母が部屋に閉じ籠った生活をしはじめてもうすぐ2週間が経とうとしていた。

この日、どういう記憶違いを起こしたのか、「リーが言っていた通り、もうすぐ看護師さんやヘルパーさんにはやめてもらって、お薬を飲むのもやめて、自分でやっていくから協力お願いね」と言い出した。お薬カレンダーのお薬はほとんど減っておらず、毎回毎回、薬を飲まないことを説教していたところだった。

わたしは意味がわからなかった。

「やめないよ、看護師さんも、ヘルパーさんも、お薬も。やめたらもうどうにもならないでしょう」と言うと母は不思議そうな顔をし、「やめるって話だったじゃない」と言う。何のことかわからなかったが、とりあえずその日の薬を飲むように言った。

ヘルパーさんは週に2回訪問してくれるのだが、お薬に関しては口出しできないシステムになっている。わたしは、介護ヘルパーが具体的に何をする仕事なのか考えたことがなかったのだけど、実際は家事代行のような業務内容を毎回毎回こなしてくださっていた。ある時は洗濯、ある時は掃除や片付け。

わたしは始め、「なるべく手出しはせず、自分でさせるようにしてください」と伝えていたが、この時の母はもう、自分で何かができるような状態になかった。

結局元気な時の生活のルーティン、「お腹が空いたらレストラン」が宅配弁当になり、「服が汚れたらクリーニング」がヘルパーさんの手洗い、「お風呂に入りたくなったら高級ホテル」がいよいよ風呂には入らない、に変化しただけで、実際のところ何ひとつ改善も進歩もない状態にあった。自分の非力さには情けない気持ちが溢れていたが、もうこれ以上どうすることもできず、現状が最善だと思い込むほかなかった。

お金を払って使えるサービスは利用し、足りない部分は何とか自分で埋めていく。

人間の生活は、思っている以上の手間と面倒の繰り返しだ。ましてやそれを全く感覚の違う人間の生活に介入してやらなければならないとなると、本当に一筋縄ではいかない。

もう母をひとりで放っておくわけにもいかないし、もしかすると老人ホームではなく、うちに住まわせた方がいいのではないかと真剣に考えていた。色々考え込みながらふと我に返ると、母がお薬カレンダーの前で立ちつくしていた。

朝昼晩に分けられたその3枚のカレンダーを前に、今が朝なのか昼なのか夜なのかがわからなくなっていたんだ。

朝か昼か夜かわからない、今日がいつなのかわからないという独特の時間軸にはやや興味が湧いたが、今はそんな話をしている場合ではない。このままではわたしのこともわからなくなってしまうのではないかとまた新たな不安がのしかかった。

咄嗟《とっさ》に「わたしが誰だかわかる?」と母に訊ねてみた。

すると母は突然ニィッと笑い、「わたしの大事なこども、りーよ」と言った。

彼女がわたしの前で、母親を自覚した最後の瞬間だった。

笑顔の表面にあるアザはどんどん紫が濃くなっていて、その中心にある右目は少しだけ飛び出していた。

最後の食事と、最後の会話

この日仕事が休みだったわたしは、お昼から母の部屋に来ていた。

他愛のない話をし、母が食事をするのを近くでただ見守っていた。小さなお弁当を、ゆっくり、ゆっくりと食べる母に時折「おいしい?」と聞くと、「おいしい」と返しながら、箸を休めることなく、ゆっくり、ゆっくりと母は食べ続けていた。痩せ細った母は、もうズボンがブカブカで、ずり落ちたそれは、ウエストでもなく、かと言って腰でもなく、もう太ももの関節に引っかかって何とか留まっている状態だった。


2月14日。

とても寒い日だった。この日のお弁当のメニューは、「アジ白醤油風味焼き」。お湯を沸かすのが面倒なのか、付属の即席の味噌汁はこれまでの分が全部まとめて冷蔵庫に入れられていた。食べている途中で、ウヅさんが夜の分のお弁当の配達に来た。

母がまだ食事をしているのを見たウヅさんが、「明日の配達の時に、容器をまとめて回収しますね」と言ってくれた。

1時間半ほどかけてお弁当を完食した母にお薬を飲むように言うと、やはり今日がいつで、今飲むべき薬がどれなのかわからないところから始まったが、わたしは少しずつヒントを出しながら、徹底して付き合った。結局飲むべき薬に到達するまでに1時間半と少し、それをお薬ポケットから出すのに40分、それをまた飲み切るまでにも40分ほどの時間を要した。

風呂にしても何にしてもそうだが、本当に、「そりゃあこれだけの時間がかかるのなら面倒に思って当然だ」という結論に達してしまう。

毎日毎日こんなことにだけ時間を使っていてもつまらないだろうと思い、何か楽しめるものを用意してあげた方がいいのかなと、わたしは日々ぼんやり考えていた。テレビかラジオでも置いて、あとはテーブルも買って、もう少し生活をしやすくしてもいいのではないかと思っていた。

母にそれを伝えると、「テーブルならあのお店のものがいいわ」とお店を指定してきた。

「駅前のあのお店に入って右側にまっすぐ行った真ん中辺りにあるテーブルなの。とても綺麗なテーブル。あれがいいわ」とゆっくりした口調で言った。店や物を指定する元気や欲があることに、わたしは少しホッとした。

この日、夕方から友人と会う約束をしていたわたしは、ぼちぼち部屋を出る準備をし始めた。すると母が、「ちょっと待って、何か話しておかないといけないことがあった気がするのだけど……」と言って頑張って思い出そうとしていた。

数日前、ケアマネージャーに母がボケてきているのではないかと電話で相談をした時、「頭は打ってから2週間後に症状が出ることが多いから、念のためＭＲＩで検査してもいいかもしれないですね」と言われたことを思い出した。今日であの転んだ日からちょうど2週間だったため、なるべく早く病院に連れて行かなければと思ったんだ。

わたしが「また明日か明後日に来るからその時に聞くよ」と言うと母は少し曇った表情で、

「そう」と言った。

玄関を開けっ放しにしながらこんなやり取りをしていると、同じアパートに住む大学生の女の子が部屋の前を通りかかった。

この女の子とは、ここのところ会うと少し話をするようになっていた。母のことも気にかけてくれて、入院して母の姿が見えなかった時も、「おばあさんは元気ですか?」とか、「おばあさんは何か欲しいものはない?」などよく話しかけてくれた。奇遇にも彼女は、この頃から通い始めた近所の〝小さな喫茶店〟の常連客だった。母が少し前、アパート中の住人を訪ねてお金を借りに行っていた時、この女の子の部屋にも来ていた。インターホンを鳴らし、お金を無心する老婆に彼女は、「わたしは学生なのでお金は貸せませんが、美術大学に行っていて、絵をたくさん描いているの。それを見せてあげることはできるし、お腹が空いているのであれば絵を見ている間に何か食事を作ってあげますよ」と言ってくれたそうだ。

頭が上がらない。

そんな彼女がまた、「おばあさんは元気?」と話しかけてきてくれた。玄関の扉は全開で、母はいるものの、顔中アザだらけのこの状態を彼女に見せるべきか悩んだ。

悩んだけれど、後日彼女と母が突然出くわすことがあって驚かせてしまうよりは、今わたしがいる中でお目にかかっておいてもらった方がまだマイルドかな、とわたしは母を呼んだ。ゆっくりこちらへ来た母を見て彼女は、これ以上ない恐怖を感じたような表情をして、まるで目が合うと石にされてしまう謂《いわ》れでもあるかのように、一瞬かたまってしまった。

そして、何とか絞り出したような声で、「アザ……どうしたの」とだけ言い、しかしすぐに「ごめんなさい、わたし急いでるから……」と言って腰が抜けたような歩き方で、転げ落ちるようにアパートの階段をおりて行ってしまった。ただならぬ恐怖と対面した時の人間の正しい反応を見たように思った。母はわたしを見送るため、そのままそこに突っ立っていた。

母の顔の、アザの中心にある右目が昨日より飛び出しているように思ったわたしは、その目が機能しているのかが気になった。左目を手で覆って、右目の前に人差し指を立て、「見えてる？　これは何本？」と聞くと母は、これ以上にないぐらい真剣な表情で、「指」と言った。思っていた返事とは全く別のものが返ってきたことに、わたしは込み上げる笑いを少しこらえながら、「じゃあまた明日か明後日に来るね」と言った。

母は、「ありがとう、待っているわ。気を付けてね、リー、ありがとう」と言った。

結局これが、わたしたち親子の最後の会話となったんだ。

「お母さん」

2月15日。

わたしは仕事を終えて、一旦は母のアパートへと足が向いた。でも何となく、「今日はいいか」と方向を変え、小さな喫茶店に立ち寄った。前夜もここに立ち寄り色々と話したところだったので、すぐに母の話題になった。

カウンターには、常連の紳士が座っていた。彼は母より10ほど年が上だったが、若々しくて生命力が漲《みなぎ》っていた。母が先日入院した時に体力が更に衰え、ただでさえ痩せていたのが退院時には体重が29キロにまで落ちていたことを話すと大変驚き、少しだけ心配してくれた。

この日、小さな喫茶店の店主がこう言った。

「嫌じゃなければだけど、わたしもお母さんを訪ねてあげるよ。地域の目は大事だしね。今こそ見守りが必要だと思うから」

わたしはここのところずっとずっと我慢していた何かが一気にほぐれた気持ちになり、同時にいつの間にかいっぱいになっていた涙の瓶が一気に溢れた。

まだまだこのお店と店主とは付き合いが浅かったけれど、その言葉と空気が距離を埋めた。飲み物を飲み干したわたしは立ち上がり、「ありがとう」と言ってこの日はさっさと家に帰った。家に着いてから、どういう方法で店主に訪問をお願いしようか真剣に考えた。料理上手な店主に、例えば週に1度お弁当を持って行ってもらい、様子を見てもらって、少し多めにお弁当の代金を支払うのが一番いいかな、などと考えていた。

翌日も仕事だったため、わたしは布団に入り、眠りについた。

とてもとても、寒い夜だった。

2月16日。

いつも通りの時間に目が覚めたわたしは、朝の支度を済ませ、コーヒーを飲みながら煙草に火をつけた。時間を見ようと携帯電話に目をやると、1件の不在着信があった。ウヅさんからだった。留守番電話が入っていたので、わたしは携帯電話を耳に当てた。

電話の向こうでは15分前のウヅさんが、「ウヅです。折り返しお電話お願いします」その声は震えていた。すぐに折り返した。

電話口のウヅさんは、留守番電話の時と同様に声を震わせながら、「昨日の朝、お弁当を配達に行った時に『今出られないから外に置いておいて』と仰ったので、外に置いておいたんです。それで、夕方また配達に行った時に朝のお弁当がそのままだったので声をかけたら、『ちょっとまだ出られないから外に置いておいて』と仰って……。それで外に置いておいたんですけど、今朝配達に行ったら昨日のお弁当がまだそのままで、インターホンを押しても、ノックをしても応答がないんです」と言った。

それを聞いたわたしは少し笑いながら、「きっと寝ているだけです、後で部屋に見に行ってみますから。わざわざありがとうございます」と言って、その電話を切った。そして煙草の火を消し、コーヒーを飲み干して、いつものように家を出た。通勤路で、母のことを少し気にしながらも、「きっとただ寝ているだけだろう」と思っていた。

会社に着いて、先程のウヅさんの声を思い出しながら、何となく母のことが気になり始めていた。この日会社にはわたししかおらず抜けにくかったのだが、上に話をするために本部に電話をかけた。上司は難色を示したけれど、わたしはその電話をしながら、体はもう会社から出ていた。母はきっと寝ているだけだろう。でも、なぜだかわからないが、今すぐ向かわないといけない気がしたんだ。

アパートへの道すがら、昨日1日何も食事を摂っていない母を少し心配した。部屋の中で一体何をしていたのだろう。

アパートに到着したわたしは階段を駆け上がり、インターホンを鳴らした。応答はない。次いでノックをするも、やはり応答はなかった。1時間ほど前、頭の中で米粒ぐらいの大きさだったわたしの心配は、今にもわたしの頭を突き破りそうなぐらいに、いつの間にやら大きく膨れ上がっていた。わたしは鍵を取り出し、急いで部屋を開けた。

扉を大きく開くと、床の上で玄関に足を向けて倒れている母の姿が目に飛び込んできた。

一瞬、世界が静止した。

「お母さん!!」

無意識に自分の口から出た大声で、世界がまた動き始めた。わたしは鍵もバッグも放り出し、その短い距離を走って母に駆け寄った。うつ伏せの母の体を起こそうとしたその時、恐怖が走った。その腕が、とっても硬かったんだ。わたしは冷静になり、肩を揺すった。


「お母さん？」

「聞こえる？」

「寝てるの？」

「お母さん？」


何十年ぶりに自然と口をついて出たその、「お母さん」という言葉に違和感はなかった。このままではいけないと思い、わたしは携帯電話で救急車を呼ぶことにした。先日呼んだばかりなので、何となく冷静に話せる気がした。

はち切れそうな心臓の鼓動音が、わたしの声を呑み込んでしまいそうな中、母の今の状態、口の前に手を置いても呼吸がないことや、心臓に動きがないことを伝えた。

「わかりました、救急車がすぐには向かえないのですが、先に消防車が行きますから！　落ち着いて待っていてください」。わたしはその言葉通りにやけに落ち着いていた。母がこんなにあっさり逝ってしまうわけがない。きっと蘇生処置をされて起き上がるに決まっている。

「そうでしょう？　お母さん」とわたしは口に出した。

母は横たわったままだった。

わたしは横たわった母をじっと見つめていた。

遠くで消防車のサイレンが聞こえた。その音はあの時と同じように、どんどんどんどん大きくなって、アパートの前でプツッと消えた。部屋の外から聞こえる消防士達の足音にハッとしたわたしは、目の前で倒れている母の名誉のため、その緩くなったズボンがずり落ちて、下着を付けていないせいで玄関から丸見えになっていた肛門を隠すため、急いでズボンをたくし上げた。

そして母は死んだ。

アパートの階段を上がってくる足音を聞き、わたしのフリーズしかかっていた脳が動きを再開した。わたしという塊が器用に分裂し、その中のひとりの〈わたし〉が、事情を聞いてきた消防士と話をしていた。その間にも、こちらに向かっている救急隊員からの電話が鳴っていた。また別の〈わたし〉はその電話に出て、救急隊員の「もうすぐ着きますから、安心してくださいね」という気遣いに、落ち着いて対応していた。

部屋の中から消防隊員が〈わたし〉に「今から人工呼吸と心臓マッサージを行います」と大きな声で伝えてきた。〈わたし〉は、無言で頷いた。消防隊員は、何度も何度も空気を送り、心臓をマッサージしてくれている。横たわった母はその処置を施している人の動きに合わせて揺れていた。遠くで救急車のサイレンが聞こえている。

その音はやはり、どんどんどん大きくなり、アパートの前でプツッと途絶えた。再び階段を上がってくる足音で、分裂していたわたし達が、わたしに吸収された。

「リーさん、お待たせしてごめんなさい！　今から電気ショックをします。まだ諦めないでください！」。そう言って救急隊員は足早に部屋へ入ると、とてもスムーズに持ち場についた。

その時、お向かいさんの部屋の扉が開いた。度々お世話になっていた家の人だった。わたしが状況を説明すると、母とわたしを心配そうにしながら、声を詰まらせた。

「大丈夫ですよ、母がそんなあっさり逝くように見えますか？」とわたしは笑顔を作って気丈に振る舞い、ふたりで部屋の中に目をやった。

部屋の中に、電気ショックを受けて起き上がり、「救急車は嫌よ。リー、帰ってもらってちょうだい」と言う母の幻覚が見えた。わたしがハッと息を呑むと、視界は現実に立ち戻った。電気ショックを受けながら横たわった母は、やはり救急隊員の動きに合わせて揺れているだけだった。何度も何度も、電気ショックを与えられる母。

どのぐらい時間が経ったのだろう。ガヤガヤしていた部屋の中が静かになり、ひとりの救急隊員が表に出てきた。

「残念ながら、心肺停止で死亡が確認されました」

――母が、死んだ。

その時、涙腺が氾濫して全身が涙で溺《おぼ》れてしまいそうなぐらいの量の涙が一瞬にしてわたしを襲った。

お向かいさんも、目から大きな粒を落としていた。

救急隊員のひとりが、「今こちらに刑事が向かっております。おひとりで亡くなられた場合、事件と事故の両方を疑う義務がありますので、大変な時に申し訳ないですが、無理のない範囲で対応をお願いいたします」と言った。そして救急隊員、消防隊員が続々と部屋から立ち退いて行った。

去り際救急隊員の中のひとりが、「お辛いでしょうけど、しっかり」と声をかけてきてくれた。濁流の涙に呑まれながらもそこから何とか顔を出し一礼をしたわたしは、また濁流に呑まれた。程なくして刑事が2人やってきた。

お向かいさんは、「何かあればいつでもうちにいらしてね」と部屋へ帰って行った。

警察官ではなく刑事ときちんと接するのは初めてで、わたしは少し身構えていた。物腰の柔らかそうな童顔の男性と、キビキビとした雰囲気の女性は、まず部屋をぐるっと見渡した。そのまま女性刑事は、所謂現場検証をしていた。エアコンの温度や、母の体の近くにあるものなどを次々と写真に収めていく。

わたしは男性刑事に、所謂事情聴取をされた。今日ここに来る前の状況、ここに来てから部屋に入るまでの過程、扉を開けてからの様子など、細かく、しかしこちらを労るようにゆっくりと、物腰柔らかに質問をしてきた。

濁流から少しずつ少しずつ、湿った陸地に投げ出されるように、わたしはビショビショのまま、話を続ける。一連の質問が終わり、メモをとり終えた刑事が言った。

「ではお母さまを一旦署にお連れして、その後病院で司法解剖を致します。解剖が終わりましたらまた、御遺体を引き取りにお越しいただくことになりますので、よろしくお願いします」

解剖。

先程救急隊員に一度、母の死を告げられてはいたものの、改めてその死を念押しされたように感じた。

「何か質問はありますか?」。先程までわたしを質問攻めにしていた刑事がこう言った。

わたしはもう、とにかく何をどうすれば良いのかがさっぱりわからなかったため、正直に「わたしはこれから、何をすれば良いのでしょう?」と聞いた。

すると刑事は親切に、連絡すべき事項や、葬儀を執り行うにあたっての段取りなどを丁寧におしえてくれた。

今度はわたしがメモをとり、そのメモをとりおえた頃、ふたりの刑事が立ち上がった。そしてふたりが話をしている間、わたしは横たわった母をじっと見ていた。母はギュッと拳を握ってはいたものの、顔は気持ち良さそうに、どちらかというと笑っていた。

「最期に何があったの？」。そう心の中で問い掛けていると、先程の刑事とは別の刑事が部屋に入ってきた。そして、緑色の丈夫そうなビニール袋のようなものを広げ、そこに小さな小さな母は収納された。

「それではわたしたちはこれで失礼します」。ビニール袋の長い長いジッパーが閉じられ、母の姿は見えなくなった。母と3人の刑事は、わたしを置いて部屋から出て行った。

母のアパートの部屋には、残されたたくさんの荷物と、遺されたわたしだけが残った。

寒い寒い冬の1日。

母の部屋のエアコンの温度は、18度に設定されていた。

誰もいない部屋

誰もいない、アパートの部屋でひとり。

1秒でも早く、この苦しい瞬間から時が経ってほしいと思いながら、わたしは佇んでいたんだ。いつまでもボケッとしているわけにもいかず、母のきょうだいに電話をした。

電話に出た母のきょうだいは、「今ちょっと出先だから、後で折り返すわね」と言って電話を切った。また独りぼっちになってしまったわたしは、とりあえず母の住むこの部屋を解約しなければいけないと思い、アパートの大家に電話をかけた。

母の死を他人に伝える行為が、わたしにできるのだろうか。

気の良さそうな紳士が電話口に出た。これまでお世話になったことや、この部屋を貸してくれたことなどを思い、心ごと全身が震えるのをどうにか抑え、わたしはこの事実を伝えた。すると気の良さそうな紳士は、とんでもないことを口にした。

「そうですか！　いや……こんな言い方はちょっとあれですけれども、何というか、ちょうど良かったです」

わたしは何を言われているのかが理解できず、口籠った。

すると続けて、「実は来月からアパートの大家が変わるんです。だから、何と言うか、ちょうど良かったです」と少し笑いを伴いながら、大家は言った。

「ですから、急ですけれども本日を精算日として、25日までに出て行ってもらって、それでそこまでの家賃は日割りで総括ということでいいですか？」

わたしはよくわからなかった。

「悲しい」という気持ちに怒りが加わり、先程までの濁流に濁りが増した気分だった。わたしの気持ちを無視して、大家はこう続ける。

「あと、次のオーナーが気持ち悪がられると思いますので、お母さまが部屋で死んだということはここだけの話にしておいてもらって、通常の退去ということにしてもいいですか？」

母の死すら正面から認めないらしい。

ポカンとしているこちらの顔が見えない大家は、電話口でヘラヘラと笑っていた。

わたしの感情が、みるみる鋭利に変形した。

これまで聞いたことはあっても使ったことのなかった、知っている限りの汚い言葉を、全て並べて大家を罵《ののし》った。

大家はそれでも、笑っていた。もう話もしたくなかったので、わたしが憎悪で溢れ返るギリギリのところで一方的に電話を切った。

程なくして、母のきょうだいからの電話が鳴った。出ると母のきょうだいは、とてつもなく呑気な声で電話口にいた。わたしは全ての体毛が逆立った状態をどうにか抑え、呼吸を整えて母のきょうだいに言った。


「母が、亡くなりました」

「え？　リー？　今なんて言った？」

「母が、亡くなりました」


その瞬間母のきょうだいは聞いたことのない声色で絶叫していた。恐らくその場で倒れるようにしゃがみ込んでいたのだろう。

しばらくの間、母のきょうだいの嗚咽《おえつ》や悲鳴、小さな叫び声のようなものを、わたしは黙って聞いていた。そして何とか話せるところまで持ち直した母のきょうだいは、「リー、あなたは大丈夫？　わたし、今からそっちへ行くわ。きっと夜になってしまうけどでも、必ず行くわ」と言って、電話を切った。

この時、時間はお昼の2時をまわっていた。わたしはついでに会社に電話をかけ、まとまった休みをもらった。

ひと息ついた時、先程の大家との気分の悪い電話の内容を思い出してまた、毛並みが散らばりそうな思いをした。とは言え、あと9日でこの部屋を引き払わなければいけない。恐らくこの部屋にあるほとんどのものはゴミだということぐらいは容易に想像できた。しかし全部をまとめて捨てるわけにもいかないので、ゴミを出すペースを考えて片付けなければならない。気が遠くなりそうではあったけれど、何かに集中したかったわたしは、早速一番手前にあった段ボールから、遺品処理という名の大量のゴミ処理を始めたんだ。

そこにはやはり、無数のビニール袋、ティッシュ、未開封の郵便物。わかっていたけれど、情けない気持ちになりながら黙々とゴミ袋に詰め込んでいった。床には、数日前にわたしの友人が母のために持ってきてくれたゴム製のボールが転がっていた。

段ボールを3箱ほど空にした時、母のきょうだいからこちらに到着する時間がメールで送られてきた。夜の10時に到着するそうだ。わたしたちはその時間に会って、そこから何をするのかよくわからなかったけれど、わたしの心は安心していた。

外が薄暗くなってきた。こんな時でもお腹は空くもので、わたしは一旦、家に帰ることにした。

部屋を出る時、振り返るといつも中からこちらに声を掛けていた母は、もういなかった。

死亡の連絡と涙の理由

その日の夜遅く、わたしは最寄りの駅までの道を歩きながら、今日1日のことを思い返していた。

日中わたしは、母が運び出された後の部屋でひとり、母のきょうだいとアパートの大家に電話した後、お世話になった福祉の皆様に電話をかけた。

皆が皆、驚きに驚いた。中でも印象に残っているのが社会福祉協議会のサイさんだ。電話をかけ、震える声を何とか絞り出し母の死を伝えると、「そんな……突然すぎる……わたしはまだお母さまに何もできていない……」とサイさんは言った。この時は正直、あれだけ顔を見に来てやってくれと言ったことは叶わず、死んだ報告を受けて真っ先に己のことを考えているこの人が電話口ながらとてつもなく滑稽に見えた。

皆色々と忙しい。ひとりのことに構っていられないのは、わたしだって頭ではよくわかっているんだ。

そうかと思うとこの人は違った。わたしはこの人に、心から感謝していた。宅配弁当を毎日持ってきてくれていたウヅさん。彼の電話のおかげで、母の死を早く知ることができた。配達時の生存確認はこの宅配サービスに付帯しているのだけれど、彼のあの電話口の声から伝わる誠実さを、わたしは忘れないだろう。わたしは彼にも電話をかけた。

深い深い水の中に潜る前のように、思いっきり息を吸い込み、それをまた思いっきり吐き出す勢いに任せて用件を伝えた。

「今朝はありがとうございました。あの後母の部屋を訪ねたのですが、中で母は亡くなっていました。ウヅさんが知らせてくれなかったら発見が遅れていましたので、とても感謝しています。それで、今朝の分のお弁当と、一昨日の空箱がこちらにありますので、またお手隙の際にでも引き取りに来ていただけませんでしょうか」

実際は句読点なんてなくて、わたしの言葉は勢いよくドミノが倒れていくみたいに、パタパタと口から吐き出された。

ウヅさんは、心底驚いているようだった。そして、何だか少し泣いているような声になり、弔《とむら》いの言葉を述べてくれた。ひと呼吸置いて、今朝の電話の時のように声を震わせながら、「この後お弁当箱を引き取りにあがります」と言ってくれた。

程なくして開けっ放しにしていた玄関の向こうから足音が聞こえてきた。見ると、見慣れない青年がひとり、ポツンと佇んでいた。

よく見るとそれはウヅさんで、普段は配達用にヘルメットを被っているのだが、それをわざわざ脱いで彼は訪ねてきてくれた。その細やかな配慮にもいちいち敏感になりながら、わたしはビニール袋に入った手付かずのお弁当と、空のお弁当箱をウヅさんに渡した。

結局この宅配弁当を利用したのも僅か2週間のことだったが、母が「美味しい」と毎食完食していたことや、よく「ウヅさん、ウヅさん」と言っていたことなどを思い、込み上げるものと並べて、精一杯の御礼を言った。

ウヅさんは、噛み締めるような顔をして、深々とお辞儀をした。わたしも同じく深々とお辞儀をする。分厚い嗚咽に包まれた、「お世話になりました」というわたしの声を何とか聞き取ったウヅさんが、「ありがとうございました」と背中を向け、去って行った。

これは人の死への慣れ・不慣れなのか、その「人」なのか、細かいことはわからないけれど、お世話になったそれぞれの人たちの反応が、いちいち突き刺さったり、刺さったその刃が柔らかくなったりした。


もうすぐ駅に着くところで、一件メールを送った。最近何かと話を聞いてもらっていた、小さな喫茶店の店主に。すると店主はすぐに電話をくれた。店主もあまりに突然のことで驚いていたがすぐに、「これから色々と大変だろうけれど、わたしにできることがあれば何でも言ってね」と言った。

出会ってひと月足らずのわたしにそう声をかけてくれているが、これが日常の会話から察するに口先だけではないことが痛いほどわかったため、わたしはひどく感激した。

そして少し話をして電話を切った頃、駅前に母のきょうだいの姿があった。わたしたちはお互いに駆け寄り、しかし直接母の死には触れず、何とも抽象的な会話をした。

数分後母のきょうだいが、「もう今日はこんな時間だし、とりあえず隣の駅にホテルをとったから、一度そこで休んでまた明日の朝こちらに出てくることにするね。詳しい話は明日にしようか」と言った。わたしが黙って頷くと母のきょうだいは、さっき出てきたばかりの改札に吸い込まれていった。


長い長い1日が、ようやく終わろうとしていた。

そして部屋は片付いた

翌朝。午前中の早い時間から母のきょうだいと会った。気持ちは少し、落ち着いていた。

ここから3日間、陽のあるうちは部屋の片付けと掃除をすることになる。母の荷物の大半は、予想通りゴミだったけれど、残りは高価そうな器や調理器具、この部屋のために揃えたのに実は全部あった掃除道具や洗剤、あとはわたしの子供の頃の作文や、母の描いたシュールな絵が数点と、数十年分の写真だった。

わたしだけで片付けていたらそれが何なのかわからなかったものを、母のきょうだいが「これは父が集めていた茶器」だの「これは母が持っていた一輪挿し」だの説明をしてくれた。器は、どこか地方の焼き物で、なかなかの価値があるそうな。売りに出すのも、処分するのも違ったため、ひとまず部屋の隅にかためて置いておいた。

父が写真館をしていることもあり、そこで撮影された幼いわたしや、わたしが生まれる前の父と母の写真など、気の遠くなる量の写真があった。

中でも一番恐ろしかったのが、ずっしりと立派なアルバムに収められた母の若かりし頃の写真を見ようと手に取ると、そのアルバムの接着部分の隙間からそれはそれは大量の虫のたまごが滑り落ちてきて、派手に床に散らばったことだ。その瞬間わたしはもう、命の危険を感じて絶叫した。母のきょうだいが笑いながらわたしからアルバムを取り上げ、スムーズにゴミ袋に入れた。

少量のレコードや、様々な地方のポストカードセット、選り分けた写真と、隅に避《よ》けていた器類は、わたしたちと誰か欲しい人で分けるために持って帰ることにした。

わたしたちは、いつかのゴミ屋敷掃除の時のように、実に手際良く片付けていった。

母の遺体は、皮肉にも先日まで入院していた病院で解剖されることになっていた。病院の都合で、解剖日は明後日になってしまった。実は亡くなった日の夜に刑事から電話があり、事件性が見られないため、このまま解剖せずに医師の立ち会いのもと死因を特定するか、より正確に死因を特定するため解剖を希望するかを問われた。わたしは少し悩んだが、解剖をお願いすることにしたんだ。

時を同じくして、葬儀会社を決めなくてはならなかった。

わたしは部屋の片付けの合間に、インターネットで葬儀会社を調べていた。こういう、普段しないことを切羽詰まった時にするのは本当に大変で、もうどの葬儀会社のホームページも同じに見えてしまっていた。すると母のきょうだいが、「近所のお寺にでも行ってみようか？」と言い出したため、思い浮かんだお寺を訪ねてみることにした。

訪ねてみると、中にはとても気さくなご婦人がいて、色々な話をした。そして成り行きでこのお寺に葬儀会社を紹介してもらうことになったんだ。スムーズに事は運び、わけのわからないままに色々なことが決まっていった。火葬場の空きと六曜の関係で、葬儀は亡くなったと思われる日から5日後の、21日に執り行われることになった。

その日の夜、わたしは小さな喫茶店に母のきょうだいを連れて行こうと思っていた。母のきょうだいを紹介しておきたかったのと、恐らく店主は、母の遺品の器類が好きだろうと思ったので、「一度見てみないですか？」と連絡を入れてみた。

すると店主は、「わたしが欲しいものはいただくけど、それ以外のものはお店の前で、何か箱に入れてご自由にどうぞって置いてもいいよ」と言ってくれた。

お言葉に甘え、器類を梱包して運び出せるように準備した。そして小さな喫茶店に向かった。お店に着いて、近くのスーパーから貰った段ボールにあれこれ並べたけれど、この日はもう遅く、翌日の昼間に店主が店の前に箱ごと出してくれることになった。

常連客が次々に入って来る中で、母と同じアパートに住む美大生が来た。いきなりもどうかと思い、雑談をした後母の死を伝え、皆で泣いた。

美大生は、わたしと母が最後に会った日、部屋の中の母を見てギョッとしたことや、それ以前のことなどをポツリポツリと話してくれた。

店内は歌う者、それを見て笑う者、その様子を見てお酒が進む者、涙を流す者。深夜なのに大音量でエリック・サティが流れ、その音に身を任せて大きな動きでダンスをしている者もいた。

混沌とした空間が、疲れた心と体をとにかく誤魔化し、癒やしてくれた。

母の死因とその体重の衝撃

この日は数日ぶりに、母の亡骸と対面する日だった。まずは刑事と、母を解剖した監察医とお話をすることになっている。病院の表には葬儀屋が控えていた。母の入院時に何度も通った病院の中を抜け、ずっとずっと奥の、とても無機質な建物に通された。

用意された部屋で待っていると、ふと母のきょうだいがぽつりと言った。

「解剖するのは一体いくらかかるんだろうね」

金銭的なことなんて一切考えていなかったわたしはその言葉にヒヤッとした。その場でインターネットで調べてみると、地域によっては自治体が全額負担してくれるようだが、この街はどうなのか。新たな不安を抱え、そわそわしていると刑事と監察医が到着した。

監察医はとても神妙な面持ちで、こちらをじっと見つめ、次に自身の手元の資料に目線をやり、こう告げた。

「死因は、凍死です」

わたしは耳を疑った。いくら冬とは言え、屋内での凍死なんてあり得るのだろうか。

呆気にとられているわたしを見ながら、監察医はこう続けた。

「死亡推定時刻は、2月16日の朝早く、陽が昇る少し前といったところかと思われます。状況としましては、お母さまは栄養が回っておらず、低栄養から来る低体温症でお亡くなりになられました」

積み重ねてきた劣悪な食生活から体に栄養が回らなくなり、体温調整すら叶わなくなっていたのだ。枯れた花にいくらお水をあげても、その花はもう二度と咲かない。母の死亡時の体重は、24キロだった。

わたしはここでひとつ気になっていたことを、監察医に聞いた。

「母は最後、苦しんで亡くなったのでしょうか？」

すると監察医は、「特に体を引っ掻いたとか、食いしばった痕も見られませんので、最後は穏やかにお亡くなりになられたかと思います」と言った。だったら良い、というわけではないが、狭い部屋の中でひとり、苦しんで亡くなったのなら気の毒だが、そうではないことを聞いてわたしはほんの少し安堵した。

最後にもうひとつだけ質問をした。

「このような状況で、わたしたち家族にできることは何かあったのでしょうか？」

監察医は「病院に連れて行くことですね」と言った。病院には嫌になるほど世話になっていたし、最後の入院時の主治医は「退院したら通常の生活を送れます」と言っていた。

わたしのモヤモヤとした気持ちが、室内を浮遊していた。

監察医から死亡証明書を受け取り、その紙面に間違いなく母の名前が記載されていることを確認した時、視覚と感覚がそれを拒否しているかのようにピリッと目の奥が痛んだ。

凍死という衝撃の事実を抱え、わたしたちは明後日葬儀をする斎場へと移動した。

ポカポカと気持ちの良い陽気の、冬晴れの日だった。葬儀まで、母は一旦斎場の安置室に寝かされることになった。

ここでわたしは久しぶりに亡骸と対面したのだが、顔中のアザがより黒みを増し、解剖のためあちこちを縫われた跡が痛々しさを極めていた。

不思議とこの時、涙は出なかったんだ。

この日は片付けもそこそこに、家に帰った。

翌日は朝から納棺師が死化粧を施してくれるとのことで、母の最期に着せる服を持って行かなければならなかった。

「華やかな生活」

「忙しく働くキャリアウーマン」

「欲しい物は（無茶してでも）手に入れる」

彼女の意志を最後は尊重し、小綺麗なパンツスーツを着せることにした。

斎場に着くと、もう納棺師がお化粧をしてくれていた。アザや傷を隠すためと、死後時間が経っていることにより顔色が黒くなってきていることから、ファンデーションを濃いめにしましたと説明されて見た母は、恐ろしいほどの厚化粧により、全くの別人になっていた。

洋服を着せられ、靴を履かされ、あとは明日の葬儀を待つだけだった。

亡骸はやがて骨になった

肌寒い1日の始まり。

今日は母のお葬式だ。わたしは数年ぶりに喪服を引っ張り出し、袖を通した。

数日前、母のアパートを片付けていた時、部屋のお向かいさんが訪ねてきた。母が亡くなった日、一緒に泣いてくれたその人とその子供たちは、大きな画用紙に折り紙を貼って手紙を書いてくれた。

「おばあちゃんにこれ、渡しておいてください」とその人は目を潤ませながら、大きな手紙を差し出した。

「天国でゆっくり休んでね」と書かれたその手紙を目にして、死後の世界が〈天国〉と〈地獄〉の二択だとすれば、彼女の行き先はどちらなのか……と不安に思ったと同時に、生前散々迷惑をかけた方からのこのような厚意に目頭が熱くなった。

その手紙と、わたし自身が母に宛てた手紙を持って、斎場へと向かった。

母と生前関わりがあった人たちのことは、そもそもほとんど把握していなかったのと、そこには漏れなく金銭トラブルも絡んでいそうだったため、親族以外には誰にも訃報を送らなかった。

参列者は、わたしを含めて6人だった。

母自身の宗派を誰も知らなかったため、無宗教の葬式というものを選択し、それはおよそ一般的にイメージする葬式ではなく、参列者が故人を囲みただ思い思いに話をするというだけのものだった。

参列者のうちのひとりは、以前大変お世話になった包括支援センターのユーさんだった。根がひねくれているわたしは、「母の様子がおかしいから少しでいいので会いにきてやってほしい、とお願いしても断り続けていたのに、死んだらすぐに来てくれるのか」と、色々と仕方がないと頭ではわかっていながらも、心の底では嘆いていた。

葬式は、1時間ほど執り行われた。

不自然な厚化粧の母の頬に触れながら、わたしは色々と思い出していた。

母が長く住んだあの町から、こちらに来て3年弱。みるみるとボロが出てきて、みるみる痩せていき、あっという間に亡くなった我が母を、わたしは情けなく思いながらも、これだけ母親業が向いていないにも関わらず、勢いとまわりの支援やある種のゆすりやたかりでわたしを育ててくれたことには、複雑ながらもやはり感謝はしていた。

きっともう母が目を覚ますことなどないのに、何かの手違いで目を覚ましやしないかとずっと願っていたが、結局棺の蓋が閉じられても、母は目を瞑ったままだった。

もう、触れられない。もう、顔を見ることもできない。もちろん話をすることだって。

あんなに憎まれ口ばかりたたいていても、わたしを産んだ時と死ぬ時。母はやはり、母だった。

火葬場に行き、棺に火が入ったその瞬間、世界中の全てのものが突然水になって、その火を消し止めてくれないかと願った。わたしの願いは叶わなかったけれど、わたし自身が水になって、地面で水溜まりになってしまいそうなぐらいの涙が、溢れて、溢れて、溢れて、落ちた。

しばらくすると、母はカラカラの骨となって、わたしたちの前に再び姿を現した。

わかっていたけれど、母はやはり、死んでしまったようだった。

骨壺に収まった母をしっかりと胸に抱き、わたしたちは斎場を後にした。

葬儀屋が案内してくれた精進落とし料理にどうも惹かれなかったわたしは、予め小さな喫茶店に食事をお願いしていた。皆でお酒を空け、店主の作った美味しい料理をたくさん食べた。母もこの場にいたならば、その美味しさにお酒がどんどん進んでいたはずだ。

今日のこの日は母の色々なことをぼんやりと考えていたかったけれど、現実は母のきょうだいがずっと、大昔にどこかの国に旅行に行った話や、最近入れ込んでいる畑の話などをひとりでずっと話していた。その話のどこを探しても、母の姿は見当たらなかった。

食事が終わり、そろそろ母のきょうだい達が帰る時間になった。わたしは皆を駅まで見送るために席を立った。重たい骨壺を駅まで抱えて行くわけにもいかず、店主に無理を言って置かせてもらうことにした。

見送りに思いの外時間がかかってしまい、辺りが暗くなってから小さな喫茶店に戻ると店主が、「遅いよ、こんな不思議な時間ないでしょう。他人の骨とふたりきりで、その手前には口の開いた遺影。なかなかないよ、こんな時間」と笑いながら言った。

口の開いた遺影。

遺影に使う写真を探していた時、「あまり昔の写真にしてしまうと、近い記憶が薄まってしまうから、なるべく今に近い写真にした方がいいよ」とまわりの人にアドバイスを受けたのだが、なにせ疫病が流行っていて、写真に写る母は必ずマスクを付けていた。

そして見つけた写真が、8ヶ月半ぶりにお風呂に入った直後に自らマスクを外し、「どう？綺麗になったでしょう、わたし！」と嬉しそうにしていた顔を収めたものだった。そんなことを言っている時に撮ったものだから、口が開いていた。

その日のことを思い出しながら、テーブルの上の遺影に目をやり、最後の一杯を勢いよく飲み干した。

わたしには、実はまだやらなければならないとても大切なことがあった。

今日はもう寝よう。明日からまた、忙しくなるから。

放棄の決断

遺されたわたしは、何だかんだとバタバタしていて、ゆっくり泣いたり落ち込んだりする暇《いとま》もなかったが、時折母がこの世に残した借金の総額を想像しては身震いしていた。ここ数年でそういった訴訟の通知や、取り立てのようなものは確認していないので、恐らくこのまま何事もなく月日が流れる可能性は大いにあるだろう。

しかし何が起こるかわからない。実際、今把握しているだけでも相当な額の借金や未払金があった。「これを何年もかけて完済しました」といった苦労話をする気はさらさらないが、母の大迷惑を素知らぬ顔して放っておくのもいかがなものかと、なかなか気持ちが前に進まなかった。

ある日仲の良い友人が、「リーのお母さんは、常にこちらの想像を超えてきたでしょう。亡くなってしまったけど、これからまだまだ想像を超えてくると思うわ」と言った。

この言葉で、わたしは相続放棄を決めた。迷っていた気持ちが、スッと前を向いた瞬間だった。

わたしは以前お世話になった、友人で弁護士のバンさんに今回もお願いすることにした。早速バンさんに電話をかけ事情を説明すると、快く引き受けてくれることになった。

わたしは当初、相続放棄なんて考えていなかったため、母の部屋を既にきれいに片付けてしまっていた。これが実は良くないらしく、本当は全部そのまま引き渡さなければならなかったらしい。

「少し面倒なことになるかもしれないけど、頑張るよ」とバンさんは言った。

わたしはバンさんに言われた通り送られてきた書類を書き、お世話になった福祉機関各所とケアマネージャーなどに連絡を入れた。微額とは言えこれらの利用料はもう支払ってはいけない。

ただ、どうしてもお弁当を届けてくれたウヅさんには感謝の思いが大きくあったため、宅配弁当だけはお支払いさせてもらいたかったんだ。お弁当屋さんに電話をかけ、請求書の名前を母ではなくわたしの名前に変えてもらい、無事お支払いをさせていただいた。

物事はスムーズに進んでいた。

バンさんにお願いしてからおよそ1ヶ月後。裁判所に認められ、相続放棄は成立した。

晴れてわたしの身が軽くなった日だった。

母とわたしを繋ぐものが、何もなくなった日でもあった。

無題

困った家族を持つその家族は、大変だ。

その家、その家で内容も様々で、皆それぞれに、確実に困っている。

母とは数十年の付き合いの中で、最後の2年半が一番向き合い、母の最も核となる部分とかなり密に接した。人は年をとるに連れ、そのくせが増し、頭もかたくなり、しかし自分が年をとったことに頭が追い付かずに気持ちは若いままでいる。わたしももちろん例外ではない。

自分の生活が基盤にあり、その合間に親の尻拭いや世話をし、またその合間に溜まった感情をどうにか発散し、日々生きることだけで精一杯だったこの数年。

もしもわたしが世話と称して会いに行くことを拒んでいたら、母は今頃どうなっていたのか。図らずも彼女はまだギリギリでも生きていたのかもしれない。

まわりの関わった人全てに迷惑や嫌悪感を与えながらも、自分の幸せを維持していたのかもしれない。

人はひとりでは生きてはいけない。

人間が始まった時から、それはそうなっているのだと思う。稀にひとりで生きている人もいるが、それも細く、遠くから、誰かしら、何かしらが関わっている。

社会というものは、人が暮らすこの世界というものは、誰かが誰かを守り、誰かを傷付け、また何かを守り、成り立っているものだと思う。

また、そこで生きていくためには、守らなければいけないルールが存在し、破ると暮らしにくくなる。あるいは程度によっては、暮らしていけなくなる。こうした一見当たり前のことを、頭ではわかっているつもりでも、実際行動として伴わない人が一定数いることもまた事実で、その家族や近しい人々は、それに頭を悩ませる。

今この日本は、数十年後にはおよそ4人に1人が75歳以上になる。悲しいかなわたしもその中のひとりだ。

綺麗事ではない助け合いや、個々と向き合うことを放棄せず、しっかりと土台を作っていかなければならない。

困った人というのは、何もずっと困った人ではないのだから。ある日突然、ほんの些細なことから何かが崩れ、自分ではどうすることもできない、途方もない現実にすり替わってしまうことがほとんどなのだから。だから何も、その困った人が困った人になる変化に気付けなかったことに落ち込んだり、手を煩わせたことで自分を責めたり、自分を傷付けたりしなくていい。ほんの少し深呼吸して、温かいお茶でも飲んで、落ち着こうとしているその時、あなたの家を訪ねて行く。

そんなわたしでありたい。

Column 5

母とゴミ山とわたし

　母と暮らした幼少期、家の中には所狭しとゴミ山があり、それは人間の棲家とは思えないほどだった。

　わたしたちはそのゴミ山の上で暮らしていた。

　子供の頃を回想すると、保育園は仕事やカルチャースクールのためいつも園児の中で最後のお迎え。小学校に上がると今思えば何をキッカケに出会って子供を預けるまでに至ったのかがさっぱり不明な近所の様々な独居老人の家に預けられたり、近所の鍵っ子達を集めて面倒をみているような家に預けられたり、クラスの友達の家に行ったりする放課後を過ごした。

　そこはどこも片付いていてそこそこ快適で、家の人が作った温かいごはんが出てくるところもあった。

　母の仕事終わりに夕食を一緒に食べる日は、いつも決まって近所のうどん屋か、その隣の中華料理店、もう少し先に行ったところの居酒屋か、隣駅の綺麗なレストラン。この辺りをローテーションしてわたしたちの日々の胃袋は満たされていた。

　うどん屋と中華料理店には何度か預けられ、店舗の2階のスペースで休日をひとりで過ごすこともしばしばあった。

　一度どうしても、どことも予定が合わずわたしの行き先がない日に、信仰しているわけでも何でもない宗教の会合に単独で参加させられたこともあった。

わたしをひとりで家に置いておけないという母なりの配慮だったのだろう。

夏休みや冬休みなど長期の休みには、日頃忙しくてできない家事をするためという名目で行きたくもない親戚の家に強制的に10日ほど泊まりに行かされた。

心を無にする10日間。

10日後家に帰ると、毎度なだれの一角だけが少し片付いている程度だった。母の仕事が休みの土日は決まって午後まで寝てしまうため、交流を持ちたかったわたしは毎度うなだれて午前中を過ごしたものだ。

中学校に上がると家の鍵を持たされ、毎朝起きると1200円が置かれるようになった。

わたしはそれでお昼と夜のごはんを済ませるようになった。時々は食事を抜きお金を貯めて、欲しかった洋服やCDを買ったりもした。

今になって思うと、そのお金の一部も誰かが稼いだものなのだろう。

そしてこの頃からゴミ山住まいの自分の匂いを気にするようになったんだ。

時々それをどうにかしようとゴミの山に手をかけると、ものすごい剣幕で母に怒られたものだ。

高校生になるといよいよ本格的に、この家の臭気が自分からも放たれているのではないかと毎日不安に感じるようになった。

ある日友人と遊んでいた時。風上から強い風がわたしに吹きつけた。それがどこか壁にあたって戻ってきた時だろうか。嗅ぎ慣れた匂いが鼻をついた。

家の匂いじゃないか。

わたしは家を出たいと懇願し、高校3年生のある日、ひとり暮らしを始めた。家を出たあとは、元の家に入ることを許されず、持ち出さなかったわたしの思い出たちは、建物の取り壊しの際に、大量のゴミと共に処分された。

一家団欒。

母の手料理。

清潔な部屋。

そのどれをも経験できず、常にそれらに憧れながら大人になったけれど、わたしは自分を不幸だと思ったことは、これまで一度もない。

二度と見ることもないあのゴミの山や、見たことのない虫。

子供の頃から外食三昧で、知る必要もない大人の世界をいつも低い目線で眺めていたこと。幼いわたしが見ていた世界は、どれもこれも大人になって耳にする他人のそれとは違っていたけれど、わたしは特に疑わなかった。

何もかもがもう、この世に残っておらず、あの時のわたしたちを証明するものは遺されたわたしとわたしの記憶のみだ。

もう二度と同じ経験はできないし、できることならしたくないけれど、これまで使っていなかった脳の回路を使わせてくれた母。

ありがとう。

あなたとわたしに起こった出来事は忘れまい。

おわりに

母亡き今、「お母さんの介護、大変だったね」とよく言われます。わたしは母と介護の気持ちで接したことが一度もなかったため、その度に世の中の介護をされている方々を思い申し訳ない気持ちになります。

わたしの勝手な見解ですが、介護とは通常の生活を送りたいけれどやむを得ない事情や都合でできない人を助けること。ですからわたしの母の場合は、それとは全然違うのです。

本文の通り、母はその困った癖を多数持ち合わせたが故、自らを不自由な生活に追い込みました。わたしは、その癖が招いた出来事の処理こそしましたが、少しでもまともな生活を送ってもらおうと、結果、近くで応援しつつ手助けをしたに過ぎません。

当時、母の風貌や、住んでいた部屋などが視覚的に度を越してきたあたりから、忘れないように、まともな暮らしを送れるようになったら過去の自分と向き合ってもらうように、と、日々母を写真に収めていました。たくさんの写真は、どれもこれも人様の目に晒せるものではないけれど、見返しては思わず笑ってしまうような、つっこまざるをえないようなものばかりでした。

この本は、インターネットのnoteから始まりました。そのnoteに執筆するにあたり、山盛りの写真と、予定や感情で真っ黒になった手帳は、大変役に立ちました。そしてそれらは、やはり記憶が上書きされていって、母を思い出そうとしても、過去のまだ小綺麗にしていた時の姿しか思い出せなくなってしまうことを防いでくれました。

わたしは今、母を呼び寄せて少しの間生活を共にした家を引き払い、当時のパートナーと別れ、度々母が侵入してきた会社も退職し、この本の本文を書いていた時とはガラリと生活が変わりました。

〈オルタナティブ福祉〉という座談会を開催したことをキッカケに、より福祉に興味関心を持ち、今では自らも福祉の世界に身を投じました。利用者の方々や、そのご家族から様々な刺激や課題をいただきながら、日々奮闘、勉強をさせていただき、そこから〈オルタナティブ福祉〉及びわたし自身の更なる成長をはかっております。

母が今のわたしを知ったらどう思うのでしょう？　ほんの数年前からは想像もつかなかったこの日々のキッカケを与えてくれたのは、紛れもなく母です。縁とは不思議なものだ。

そんな母ですが、親族の墓に入ることを禁じられたため、遺骨はまだ我が家にあります。まさか今からお墓を建てようなどという考えはわたしにはなく、かと言って何の縁もゆかりもない土地の納骨堂におさめるのもしっくり来ない。故郷なんかに納骨してしまったらそうそう会いに行くこともできないため、何か最良な納骨法と出会える時まで、彼女はここにいることと思います。

いくら身内と言えども、人骨と共に暮らすことが快適とは言えませんし、色々と思うところはありますが、これも母が選んだ道、付き合っていこうじゃないの、と考える次第です。


ところで母の遺品整理をしていた時に色々と出てきた中で、その量として衝撃を受けたものがありました。それは、某高級スーパーのものすごい量のレシートの束。その束の全てには漏れなくこう、印字されていました。

「レジ袋　4円」

恐らくこのスーパーだからこそ、例え4円の袋1枚でも、笑顔で「ありがとうございました」がいただけるのだろう。サービス好きの成れの果てを目撃した瞬間でした。

他者から金を借りることができず、余分な手持ちの金もないなかで、それでもこうしてサービスを得に行く。勿論理解はし難いですが、ないなかでどうにか楽しみを見つけ出し、心の平穏を保っていたであろうこの行為は、過去の数々のマイナスばかりを生み続けていたそれと比べて、限りなくゼロに等しい行為だと思います。同時に、こうした中で衰弱していった母を、生前「おまえ」や「あんた」としか呼べなかったわたしが無意識に「おかあさん」と呼べたことも、マイナスから限りなくゼロに近づけた出来事だと思っています。

母は、ゼロになった。けれどもそのゼロは決して悪いことばかりではないのだ。

この本を出版させていただくにあたり、本文を加筆・修正するため何度も読み返しては、当時のことを思い出し、また、改めて母の不在に気付き落ち込むことも少なくはありませんでした。

しかし、今回の母の一件によりわたしの暮らしが少し角度を変えたこと。それによってたくさんの出会いや発見があったことを思うと、人生捨てたものではないなと心から思います。

母亡き後、「今のリーがまずするべきことは書くことだ」と書き留めることを強く勧めてくれた柏くん、それを埋もれさせずに見つけ出してくださった河出書房新社の高野さん、本当にありがとうございます。

先日、小さな喫茶店の店主がポロッと、こんなことを言いました。

「リーは子供の頃、物書きになりたかったたって言っていたよね？ お母さんはすごいね。亡くなってしまったけどその夢を叶えてくれたんだもの」

二〇二三年七月

リー・アンダーツ

リー・アンダーツ

大阪府生まれ、東京都在住。
現在、福祉関係の仕事に従事。
趣味は歌唱と飲酒。夫はAV監督。
座右の銘は「死なへん死なへん」。
都内で不定期に〈オルタナティブ福祉〉という座談会を開催している。

母がゼロになるまで
介護ではなく手助けをした2年間のはなし

2023年9月20日　初版印刷
2023年9月30日　初版発行

著　　者　リー・アンダーツ
装　　画　小林紗織
装　　幀　大倉真一郎
発 行 者　小野寺優
発 行 所　株式会社河出書房新社
〒151-0051
東京都渋谷区千駄ヶ谷2-32-2
電話03-3404-1201（営業）
03-3404-8611（編集）
https://www.kawade.co.jp/
組　　版　KAWADE DTP WORKS
印刷・製本　株式会社暁印刷

Printed in Japan
ISBN978-4-309-20891-6

河出書房新社の本

年年歳歳

ファン・ジョンウン 著　斎藤真理子 訳

日本語で「従順な子」という意味の名で育った母の哀しみの向こうがわに広がる、それでしかありえなかった歴史の残酷。韓国最高峰の作家が描く、母と娘たちの物語。

まだまだという言葉

クォン・ヨソン 著　斎藤真理子 訳

貯金を持ち逃げた家族を思い借金を返す娘。正規職員と非正規職員の板挟みになった教師……。社会の歪みを彷徨う人々の、絶望とかすかな希望を描き出す、韓国リアリズムの極北をなす作品集。

優しい暴力の時代

チョン・イヒョン 著　斎藤真理子 訳

人生に訪れた劇的な出会いを鮮やかに描く短編集『優しい暴力の時代』に、現代文学賞受賞の「三豊百貨店」を加えた日本オリジナル。現代韓国を代表するストーリーテラーによる珠玉の短編集。

すべての、白いものたちの

ハン・ガン 著　斎藤真理子 訳

チョゴリ、白菜、産着、骨……砕かれた残骸が、白く輝いていた——現代韓国最大の女性作家による最高傑作。崩壊の世紀を進む私たちの、残酷で偉大ないのちの物語。

河出書房新社の本

よるべない100人のそばに居る。

〈救護施設ひのたに園〉とぼく

御代田太一 著

仕事、お金、身寄り、住む場所……これらを失った時、私たちはどんな風に生きていくのだろう？“最後のセーフティネット”に飛び込んだ新米生活支援員と、一人ひとりとの出会いの物語。

世界一やさしい依存症入門

やめられないのは誰かのせい？

松本俊彦 著

「スマホもゲームもやめられない」「市販薬を飲む量が増えてきた」「本当はリスカをやめたい」……誰もがなりうる「依存症」について、最前線で治療にあたる精神科医がやさしくひも解く。

ぼくが13人の人生を生きるには身体がたりない。

解離性同一性障害の非日常な日常

haru 著

大事な案件は「“脳内”有識者会議」で決定、交代人格日く「主人格はポンコツ管理人」……年齢も性別もバラバラ、12人の交代人格をもつ解離性同一性障害の当事者が描いたあたたかなリアル。

わたしの身体はままならない

〈障害者のリアルに迫るゼミ〉特別講義

熊谷晋一郎、伊藤亜紗、野澤和弘 ほか著

東大、京大、東工大ほか全8大学で行われた同名の人気講義を書籍化。わからない他者へと手を伸ばす、13人の誌上ゼミ開講！